Grünbein

Limbische Akte

Durs Grünbein

Limbische Akte

Gedichte

Ausgewählt
und mit einem Nachwort
von Norbert Hummelt

Philipp Reclam jun. Stuttgart

Inhalt

Schädelbasislektion

Falten und Fallen

Den Teuren Toten

Nach den Satiren

Erklärte Nacht

Una Storia Vera

Fröhliche Eiszeit

Vom Schnee oder Descartes in Deutschland

Porzellan. Poem vom Untergang meiner Stadt

Der Misanthrop auf Capri

Strophen für übermorgen

Aroma

Verstreute Gedichte

Anhang

Grauzone morgens

GRAUZONE MORGENS, mon frère, auf dem
Weg durch die Stadt
heimwärts
oder zur Arbeit (was macht das schon) –

Alles passiert jetzt in Augenhöhe. Den
ersten Gesichtern, kantig und
hart, fehlen
nichts als die schwarzen Balken
über den Augen, ausgelöscht für die

diskrete Kartei aller Zeugen des
stillen Smogalarms (morgens
halb 6).

Und es ist diese Zähigkeit (zäh:

WIE DAS DEUTSCHE SAGT), daß sie schräg
gegen den Kopfschmerz gehn und das
Rauschen der Filter-
anlagen in uns.

ETWAS DAS ZÄHLT (gleich am Morgen) ist
dieser träge zu dir
herüberspringende Chromblitz eines
Motorrads. Der Sommer

restlos abgekühlt, liegt in den letzten
Zügen. (Einverstanden,
was neues). Du

im Museumszwielicht am Fenster kaust
Kaugummi, weil es die beste
Arznei ist gegen

Barockphobie. Pünktlich wird Herbst,
kommen die Depressionen
von Stuhlreihen vor einer
leeren Freilichtbühne seit Regen-

gedenken nicht mehr bespielt. Zwei, drei
Arbeiter wickeln Stoffbahnen,
heben das Dielenholz aus den
Rahmen. Du winkst ihnen
zu. Manchmal

ist nichts leicht banaler als ein
Gedicht, eine erste Tagung
so früh am Morgen auf den
erstarrten Flügeln der Motte, die sich

sehr weich anfühlt in deiner Hand.

›Die meisten hier, siehst du, sind süchtig
nach einer Wirklichkeit wie
aus 2ter Hand …‹, sagte er. ›Keiner
kann lassen
von dieser eiskalten Reizworthölle, den
Massen zersplitterter Bilder
am Morgen
unterwegs durch die Stadt, eingesperrt in

überfüllte Straßenbahnen, gepanzert auf
engstem Raum (Hieß das nicht …
Entropie?).

Stell dir vor: ein Café voller Leute, alle
mit abgehobenen Schädeldecken, Gehirn
bloßgelegt
(Dieses Grau!) und dazwischen
nichts mehr was eine Resonanz auf den
Terror ringsum
dämpfen könnte. Amigo, du

würdest durchdrehn bei diesem einen
nerventötenden Sinuston von
garantiert 1000 Hz …‹.

An diesem Morgen gingen die 80er Jahre
zuende mit diesen Resten der
70er, die wie die
60er schienen: nüchtern und wild.

›3 Jahrzehnte mit einer Hoffnung im Off …‹

Nimm dir ein Negativ (und vergiß): diese
Warteschlangen sich kreuzend an
Haltestellen, die Staus im
Berufsverkehr, total

eingefrorene Gesten am Zeitungskiosk, die
Mißverständnisse (›Sind Sie
verletzt?‹) –

(›Kennen Sie DANTE?‹). Du sahst wie sie
warteten, manche vom Glanz ihrer Exile
vereinsamt. Die Luft (sonst
unverwundbar)
war voller Szenen aus
Chaplinfilmen, ein
Wirbel grauer Pigmente davor, Tag und
Nacht grauer Regen vom
Kohlekraftwerk über der
toten Ähnlichkeit aller toten arm- und
beinlosen Engel auf den
Ruinen ringsum. Also schön,

dachtest du: dieser Ort
so gut wie ein anderer
hier in Mitteleuropa
nach Sonnenaufgang mit

galoppierenden Wolkenherden und frühem
Stimmengewirr wie vom Sog
eines Hafens

erfaßt … Ist es das? während du weiter-
machst, dich erwärmst, ein paar
Fremde grüßt gähnend
(›Ein Gähnender!‹) über-
drüssig der Tautologien, des Hungers, der

langsamen Einführung in diesen Tag.

Eine einzige silberne Büchse

Sardinen plattgewalzt
zwischen den Gleisen &
an den Seiten quillt

überall Sauce raus rot
wie Propangasflaschen
                              (& ziemlich

bedeutungsarm) sie allein
unter sovielem Strandgut
im Landesinneren hält schon

was dieser Morgen an Schönheit verspricht.

An der Elbe

›Wie gesagt … irgendwas scheint
überschritten.‹ Ich
weiß nicht, doch
streune ich manchmal ganz

grundlos diesen vergifteten Fluß
entlang, zähle
die Enten und un-
verwüstlichen Schwäne und dann
geschieht's, daß ich an all
diese Flußgötter denke (im Blick
den vorüber-
treibenden Unrat: Papierfetzen und
Blechkanister, etwas

Polystyrol) als hätte es sie (die
Orgasmen der 3000
Töchter des Okeanos) überhaupt

nicht gegeben und
jeder Zufluß
wirft neue Blasen zartleuchtender
Chemikalien auf, an-
gewidert spucke ich von der

kahlen Uferterrasse herab, fühle
mich unbehaglich (der
›Held im Film‹) und
bewundere später ein Paar strom-
abwärts keuchender
alter Männer
beim Jogging.

Verdorbene Fische

›Erschrick nicht, wenn du die Krusten
Brots, die Kartoffelschalen weg
wirfst, am Boden der Futtertonne

liegt wohl ein Halbdutzend verdorbener
Fische (Makrelen) mit steif
aufgerichteten Schwänzen und starren

Augenringen, die Bäuche geschlitzt, nein
erschrick nicht, es ist ein
so sinnloser Anblick, verzeih …‹

Nullbock

Prenzlauer Berg sonntags die dunstige
Schwüle in den von
Autos verstopften Straßen. Ein Junge
in Jeans

streichelt ein Mädchen lässig beim
Telefonieren am Apparat dicht
vor der Hauswand zersplittertes Glas. Sagt
›Nichts los heut‹ und wendet

sich um in die Richtung aus der
der Schrei eines
verunglückten Kindes kommt aus-

gestreckt wenige Meter vor dem
zerquetschten Ball.

Eine Regung

Dieser flüchtige kleine Windstoß, Luft-
wirbelsekunde, als ein
verschreckter Sperling kurz
vor mir aufflog, schon

außer Sicht war und eins der
leichtesten Blätter folgte zer-
rissen in seinem Sog.

Anderswo

Einmal sah ich im Eis des Zwinger-
teichs festgefroren eine
geriffelte Wodkaflasche mit dem
Markenbild

›Brüllender Eisbär‹ auf blauem
Grund klar und still-
gelegt wie eine Sache, die man

als abgeschlossen betrachtet
bis sie nach Jahren plötzlich
sich anderswo
unverwandt zeigt.

Wärmeplastik nach Beuys

Erst als der geile Fliegenschwarm
aufstob in äußerster Panik
um seine Beute tanzte wie

eine Wolke von Elektronen mit
hohem Spin, sah man die beiden

Jungvögel nackt.
Es war Zwölf Uhr mittags und dieser
böse Zufall nichts
als eine Gleichgewichtsformel

für zwei gedunsene Madennester
wie Spiegeleier
leicht angebraten im Straßentiegel
aus Teer und Asphalt.

Tauben

Typischer Fall von Mimikry: die vielen
Bahnhofstauben pickend zwischen
Resten Keks und Brot, Ölschlieren, Grus und

Koffern, festgewachsen auf den Gleisen
wie es scheint, an Oberleitungen und
aus derselben Gründerzeit, gußeisern

wie die Rippenbögen, Pfeiler, Kuppeln.

Hin und wieder löst sich eine, fliegt und
wirbelt Dreck am Boden auf, wo
wie in miesen Liebesfilmen Reisende

erstarrt vor Ankunftssehnsucht rauchen.

Belebter Bach

mit alten Autoreifen, Glas,
Sperrmüll und der Attrappe
eines kleinen Wehrs

aus Zellophan und Schrott,
in dem inmitten Schaums
auf einem Ölfilm ausgesetzt

ein grüner Badefisch sich
zwischen Zweigen schaukelnd
leicht um seine Achse dreht.

Kommt
Wellen klaren Wassers, kommt.

Lokpumpe

Sieh, diese große rostige Pumpe
gußeisern und wie ein Galgen
oder ein Totemrohr fremd

zwischen den Gleisen, als wäre da
irgendein Regen ... irgendein Todes ...
Geheimnis in ihr.

Süßlich stinkend, in Wellen, schlägt
das Geschrei blutiger Fischschuppen
aus offnen Waggons mir ins Gesicht.

Der Regen läßt nach, wo ich friere.
Ich denke an Tlaloc, den Regengott,
Gott des Wassers im Alten Mexico –

Ich bin nicht hungrig, ich weiß,
die Bahnsteige hier liegen still.

Schädelbasislektion

Schädelbasislektion

1

Was du bist steht am Rand
Anatomischer Tafeln.
Dem Skelett an der Wand
Was von Seele zu schwafeln
Liegt gerad so verquer
Wie im Rachen der Zeit
(Kleinhirn hin, Stammhirn her)
Diese Scheiß Sterblichkeit.

2

Dieser Traum vom Leichthin
Kennt doch niemals Erbarmen.
Zwang? Ist zwecklos. Ein Dschinn
Hält sich selbst in den Armen
Reiner Luft (Griechisch: Pneuma).
Erst ein Blindflug macht frei.
Sich oft bücken gibt Rheuma.
Du verstehst … Samurai.

3

Zwischen Sprache und mir
Streunt, Alarm in den Blicken,
Ein geschlechtskrankes Tier.
Nichts wird ganz unterdrücken
Was mein Tier-Ich fixiert
Hält – den Gedankenstrich kahl
Gegen Zeit imprägniert:
Bruch der aufgeht im All.

4

Ohne Drogen läuft nichts
Hier im Irrgang der Zeichen
Wo du umkommst gesichts-
Los in blinden Vergleichen.
Träumend … Rate für Rate
Von den Bildern beäugt.
Wer ist Herr der Opiate
Die das Hirn selbst erzeugt?

5

Unterm Nachtrand hervor
Tauch ich stumm mir entgegen.
In mir rauscht es. Mein Ohr
Geht spazieren im Regen.
Eine Stimme (nicht meine)
Bleibt zurück, monoton.
Dann ein Ruck, Knochen, Steine.
… Schädelbasislektion.

Inframince

Unverwandt streunend, der Traum eine Lichtung im Ich
Nimmst du die Sprache der Dinge mit unter die Haut.
Jeder in seiner Welt … unerkannt … soviele Welten.
Was sich hier zeigt bleibt versteckt, was sich erinnert
Vergeht an der Drehung des Strickes an dem du hängst.
»Hab mich verirrt.« /
                    »Name?« /
                         »Auf Wiedersehn.« /
                                        »Komm zurück.«
Die Sache wird inhaltsleer wenn du denkst, kein Vergleich
Mit diesem Hirn, schwimmend im Liquor, ein grauer Schwamm.
Sprache zerfällt, unverdaut, sie verwest wie Pupillen,
Ur-Zeit verramscht wie die Meeresschildkröten auf Bali.
Archimedes' Punkt, unter uns gesagt, ist kein Ort.
Das Übel liegt an der Wurzel der Sätze, am Grund
Der Idiome und Stile, die man irgendwann sattkriegt.
Über der Zeit das Vergessen spricht fließend Latein.

Après l'amour

Gleich nach dem Vögeln ist Liebe der bessere Stil.
Die Tierhaut entspannt sich, das Herz fängt sich ein.
Flacher Atem bläst Schweiß aus den Schlüsselbeinmulden.
Auf der Zunge zergangen, löschen Spermien den Durst
Auf den Nachwuchs. Die Achselhöhlen, den müden Bauch,
Alles holt sich der Schlaf. Wie nach zuviel Theologie
Kehren die Laken sich um. Altes Dunkel am Rand,
Neue Ränder im Dunkel. Die Kniekehlen zwitschern
Zweistimmig stimmlos ihr Post-Coital, ein Rondeau.
Eben noch naß, richten die Härchen wie Fühler sich auf.
Betäubt, *summa summarum* gestillt, hört dieser Schmerz
Des Lebendigseins bis zur Erschöpfung auf wehzutun.
Zurück in der Zeit, sind die Körper an keinem Ziel.
Gleich nach der Liebe ist Vögeln der bessere Stil.

French kiss

Aus meinem Zwischendrinsein kein Hehl, mach ich zuletzt
Was draus zu machen mir einfällt, nicht viel, ein Gedicht.
Plötzlich wird Pfeifen im Wald zur besten Methode.
Streichhölzer, Tische, Nachtbars sind hier nur Holz.
Die Stimme bleibt weg in den einzelnen Pausen.
Unterm Moos, unerwartet, gibt eine Liebe Laut –
Zungenschlag wie das Quietschen von Gummistiefeln.
Ohne Anfang und Ende ist er jederzeit da, dieser
Ablauf der Mythen und Fakten tauscht und maskiert
Wie im Schachspiel die Hirne. Und was heißt schon
Eine-stehende-Welle-verlassener-Zeit? Etwa Rauch?
Was am Tauchen zum Bleiben reizt ist der Übergang.
Die Gefahr, daß im Innehalten die Frage stirbt.
Einsam auf weiter Flur steht ein gelangweiltes Und.

Niemands Land Stimmen

1. Unten am Schlammgrund

Auf den Boden gesunken
Dieser warmen aquarischen Nacht,
Ströme
Von Luftblasen sprudelnd vor Augen
(Ein glasiges Perlen, ein Tanz
Klebriger Laichkugeln
In Mineralwasser lichtwärts)
Müde in einer U-Bahn
(»Was fährt, das fährt.«)
Unten am Schlammgrund
der Straßen
Schaukelnd zwischen Erinnerungsschlieren:
Ein deutscher Wachtraum.
… irgendwas macht, daß Musik
Die du morgens gehört hast
dir abends noch einmal

Hochkommt, erbrochener Schleimrest
Von Rhapsodien in Schwarz,
Dunkelgrau, Violett ...
(Langsame Kamerafahrt durch die Lakunen
Eines gespaltenen Hirns).
Lichtpunkte, Schreie
und jähe Blendungen
auf einer
Unendlich schleichenden
Schnellen Fahrt
ohne das Jaulen,
Ohne das Heulen des Schienenwolfs.
Eingepfercht
Diesseits von Raum und Zeit
(Der Verwandlungen und des Pollenflugs,
Der Kontinentaldrift und der Erfindungen,
Der Hierarchiezerfälle und der Geburten)
Gefangen in einer Geschwindigkeitsdruse,
ein Knäuel,
Umspeichelt, verdaut,
im Ekel zerwürgt,

Oder steckengeblieben in einer
Von diesen Speiseröhren der Stadt.
So dämmerst du
wieder einmal
mitten im Zwischendrin:

»In der Mitte von Nirgendwo«

Oder schlimmer noch
wie in Platos Höhlengleichnis.
Alles entrinnt
Wo ein Gemäuer die Blicke schwärzt
Hinterrücks auf die deutlichen Dinge
Sonnlichtgetränkt.
Nur ihr Abbild ist sichtbar:
Halbschatten entzündeter Dünste
In Werbespots hingehaucht,
Fotografien in Hochglanz,
Illusionen gelackter Dinge,
Scheinfrüchte im Hologramm,

Tropfen kandierten Schweißes
und diese großen Brocken
Erotisierter Luft
unter 500-Watt-Strahlern
hoch aufgetürmt.
Nichts vom Lichtgeflimmer,
nichts von den sommersprossigen Dingen,
den Archetypen der Freude
Übertaghell
und gespiegelt im Wasser,
bewegliche Schatten …
Ein nichtiger Bote
hockst du im Neonlicht,
fährst
Mit den *Furien des Verschwindens*
(fett über der Zeit),
betrogen um manchen Atemzug,
manchen Andrang, den ihre Abenteuer
Als bloße Verheißungen heischen,
auf kreischenden Schienen

Ein weißer Würfelknochen hellrasselnd
im Tunnel der Nacht
blankgeschliffen wie eine Spindel
Dort auf den Polstern
von Unmengen Ärschen poliert,
das warst du:
Imago im Niemandsland.
Tagsüber die Hölle, sind diese Straßen und Plätze
hier unten
nach Mitternacht tiefseestill,
Eine Dunkelheit, nur von kleinen
Fischen und Troglodyten durchirrt,
Zombies
Die hier im Scherbenglück
nisten, wo giftige Algen
mit Augäpfeln bespickt
An den Brandmauern treiben, gekräuselt
wie Schamhaar, zerfetzt
seit dem letzten Krieg.
Stille, zwielichtige Stille:

ein Wirbelsturm
tief in den Zellen,
Kaum spürbar,
das Rücken der Zeiger
sovieler chemischer Uhren, –
Wie lautlos das ging.
Welcher Insektenkrieg
frißt sich durch Minengänge?
Stille
… ein radioaktiver Zerfall.

2. In Tunneln der U-Bahn

Vielleicht war diese Stille nichts
als die Halbwertszeit
einzelner Wörter
In mir,
und wer war ich:
ein genehmigtes Ich,

Blinder Fleck oder bloßer Silbenrest … (-ich),
zersplittert und wiedervereinigt
im Universum
von Tag zu Tag,
Gehalten vom Bruchband der Stunden
zusammengeflickt
Stückweise
und in Fragmenten
»I feel so atomized.«

Eine träge Masse war ich,
ein Passagier,
unter Tiermasken flüchtig,
streunend
zerstreut
»Deut um Deut«
(Wie sagt Freud?).

Vollkommene Langweile des Ichs
Das sich in jedermann wiedererkennt, Ende

des Zweiten Jahrtausends
in einer U-Bahn

Hier unten am Durchgangsort
rollender Halden, vergessener Deponien
einer neuen Art Dinosaurierfleisch:

Fleisch tätowiert von Tabus,
Von Gesten des Nahkampfs entstellt,
tropfenschwer und geduldig,
Schwitzendes Fleisch in Kolonnen,
von peinlicher Vorsicht verklebt,
sorgenvoll
Trauben orgiastischen Fleischs zementiert
und von Schwerkraft taub in sich gekehrt,
fern der Trapeze, der Schaukeln,
der Ruhe im Seiltanz,
unverführt
Von Mysterienkarussellen
und einem Frühstück im Freien,
aufgehoben in keinem seltenen Wind.

Sieh dieses Fleisch,
wie es im Halbdunkel gärt,
am goldenen Feierabend,
Bald Wrack, bald Ruine,
Jahrzehnte im voraus veräußert,
in Hektik untergehend,
in Pausen alternd,
Eingepaßt ins Gestänge der Industrie.
Andere Stollen,
Andere Luken, die sich in Hohlräume öffnen
auf dieser Fahrt
unterm Nachtrand
an leeren Stationen vorbei,
Mit dem Suchbild der Toten,
vorbei am verstaubten Asyl
für den Durst vor der Auferstehung.

Papierkörbe, die überquellen,
wo die Schatten sich stärken werden
inmitten von Operettenstaffagen,

Kulissen für einen Unterweltsfilm
Mit Hadesstiegen noch aus der Gründerzeit,
Notpfennige blinkend in einer Pfütze
glasierte Ziegelwände,
Plakate und Schattenpflaster
wie unterm Glassturz
gesehen im blaugrünen Wasser
Dieser aquarischen Nacht.
Gußeiserne Träume
im Magazin eines Verkehrsmuseums,
Emailleschilder:
Namensknoten im Netzwerk
der unterkellerten Stadt,
So spät längst entvölkert,
bis in die Wurzeln gestillt,
leer von rebellischer Seligkeit,
Die es irgendwann hier gegeben hatte
(das ahntest du).
Passagen durchgeistert vom Taucherblick
eines schläfrigen Fahrgasts,
dessen Hirn stottert

Wie ein Motor, der absäuft.
So beruhigt, so verwirrt
hinter vermauerter Stirn:

Wenn du dich wendest,
wendet sich in dir die Furcht,
unumkehrbar zu sein
(Jede Zuflucht durcheilt)
dingfest
in welcher Geschichte?
In welchem Niemandsland,
unter den Füßen verpachtet?

Raschelndes Zwielicht
vorm Abstieg in eine Dunkelkammer
Druckausgleich:
Von lauwarm zu steinkühl,
von blickfern zu hautnah,
vom Außen ins Innen.
Ein vages Möbelgefühl –

Das warst immer noch du!
Deine Glieder vom Sitzen steif,
Saugst du dich
an den Scheiben fest,
mit den Schemen längst eins.
Jede Verbindung zur Außenwelt
scheint unterbrochen, Kurs
unbekannt, bist du Herr
Über allen Gedächtniskomfort,
geleitet vom Gleichgewichtssinn,
in einer U-Bahn allein.

Doch was spielte sich wirklich ab
Dort oben vor dieser künstlichen
Trennwand
mit leisem Terror
Unter gefälschtem Zentralgestirn,
mit den »Bedeutungen«,
den Monologen sovieler Stimmen,
Im Durcheinander von Zukunftsmärschen,

von Geometrien und Ökonomien,
von lautlosen Jahreszeiten,
ironischen Architekturen
In einer Landschaft, die immer zerrissener wird,
immer ähnlicher einem Triptychon,
dessen Mittelteil auslischt
Überwuchert vom rechten Höllenflügel,
wo durch die dünnen Scharniere
das Flutlicht bricht
Von Banketten und Kakophonien der Politik

& später zerfielen die Radioprogramme in Jazz.

Einsamkeit;
Hyänengang hungriger Poesie
unterirdisch
Schlingernd im Labyrinth
eines Echobeschleunigers
Unterwegs auf der Spiralbahn
toter Jahrhundertstimmen

hinter Lamellen aus Blei:
Ortlos, zeitlos,
als seist du
verdammt durch Geschichte
Zu eilen,
verwandelst du dich
in die Gedächtniswelle
Aus 1000 verpaßten Gelegenheiten
zu leben,
Zu lieben,
alleinzusein und mit Freunden
Zu fliegen,
im Aufruhr zu leuchten,
im Zorn
Sich herumzuwerfen
(in einer anderen Nacktheit)
Und siehst dich geschlagen
im Graubrotstaub
des enteigneten Alltags
Eines kleinen Mannes in Deutschland.

3. Vorm Fernseher die Toten

Und also verschollen
In abgestandener Zeit
Mit Augen wie unter Wasser grün …

Stimmen im Abseits, vom Zwielicht aufgestört, Stimmen
Die unter die Sprache flüchten, auf fremdes Gebiet,
Tonspuren vollgemacht mit Geschrei »Ich war dabei!«
Der geduldige Tausendfüßler im Schatten der Steine.

Hier bin ich, irgendein Typ im Wort-Schneetreiben
Europas, verkrochen in Nachtarbeit, unterwegs
Durch den Augenblick. Müllberge, Blechgestrüpp,
Straßen mit Häusern wie kariöse Gebisse.
Sprühregen wäscht ab die zerfetzten Plakate,
Den Propaganda-Pop. *»Alles Schrreiße!«*
Kreischt eine Stimme, die mir im Nacken sitzt.
Meine Antwort ein Murmeln wie in den Wind gepißt.

Bin ich der Witzbold den das Sternlicht kitzelt?
Kalt in der Badewanne nachts, der Neo-Nihilist
Mit diesen Bildern … Fluchten … Bildern, der Idiot?
Glibbriges Gel auf der Haut, die Schenkel
Im Shampoo-Schaum warte ich auf den Andruck
Der Alphabete, der Spiegel Spiegelschrift.
Traum vom Verlangen nach einem anderen Körper
… schwerelos, androgyn …
Ohne das Erbgift der tauben Eliten, den Rausch
Billigen Hamlet-Haschischs, von dem mein Hirn
Irritiert immerfort implodiert.
Keine Ahnung
Wieviel Handlung auf einen Mann kommt
In wievielen Jahren wieviel Erkennen und Zorn.

»Unterwerfen und Töten die Pole, ein Drittes
Vergiß es«. Noch im Schlaf ohne Schlaf
Schaukle ich meinen traurigen Bauch, still verdaut.
Erinnerung ein Sekret, das mir die Lider verklebt
Peinlich zäh wie Moral, Spuckefäden auf einer Akte

Die meinen Holzweg beschreibt. Tiergeschichten
Im bürokratischen Zoo, tote Fliegen knabbernd
Schlafe ich ein vorm Bildschirm, überall Schreie
»Wir wollen raus hier, hört ihr. Wir wollen raus.«

Dann halfen mir Hände, zogen mich langsam herauf
Ins Blitzlichtgewitter wo ich nackt stand, ich fiel
Rückwärts in Zeitlupe herab.
                                        Es war wie ein Film

Der *Das Ende des Wartens* hieß. Amigo, erleichtert
Sah ich, es war vorbei, die Geduld verbraucht.
»Wir wollen raus hier, hört ihr. Wir wollen raus.«

Anywhere ...
Anywhere out ...
Anywhere out of the world.

Tag X

Wohin die Morgen als ein Pioniergruß zart
Die Welt in zwei erstarrte Hälften teilte
Antagonistisch und entlang der Schädelnaht?
Als den Legenden noch die Drohung folgte
Es ginge eins im andern auf und sei bestimmt.
Vom Husten bis zum Abschlußzeugnis, von der Milch
In der noch Wahrheit schwamm bis zum verheilten Selbst
Hing alles wie nach Plan zusammen. Streng vertraut
War noch der Zwang, das Salz im Alltag, liebenswert.
Durch jedes Fenster flog ein Raumschiff aus Papier
An Bord den Neuen Menschen im Versuchslabor.
Und jeder Ist-Satz, vom Diktat der Einfachheit
Befriedigt gab sich selbst den Punkt. Wie beim Appell
Das helle »Seid bereit!« für den Tag X.

(Für Ilya Kabakov)

O Heimat, zynischer Euphon

Soviele Flickerbilder in den Künstlerhirnen,
Gewalt, durch Spiegelscherben exorziert, –
Uns nackte Welpen, Erben hoher Stirnen,
Hat man schon früh mit Nervennelken tätowiert.

Der kranken Väter Brut sind wir, der Mauern
Sturzgeburt. ›Tief, tief im Deutsch…‹, ertränkt.
Enkel von Städtebauern, Fleischbeschauern:
Jedem die fremde Wirklichkeit. (›Geschenkt.‹)

›Noch Bombensplitter?!‹ Gut für Stachelgaumen,
In violetten Babyschädeln installiert.
Sag, welche Schwester drückte ihren Daumen
Ins zarte Fontanell uns ungerührt?

Geröntgt, geimpft, dem deutschen Doppel-Klon,
Gebrochnen Auges, das nach Weitblick giert,
böse verfallen sind wir, pränatal dressiert.
›Deutschland?‹ … O Heimat, zynischer Euphon.

(Für Thomas Kling)
20/3/89

Gedicht über Dresden

Scheintote Stadt, Barockwrack an der Elbe
Schwimmend in brauner Lauge, spät fixiert
Taucht sie aus Rotz und Wasser auf, ein Suchbild
Ein Puzzle, königlich, mit dem der Krieg
Die Schrecken der *Zerstörungswelt* entschärfte.
… was diesen Brücken keinen Abbruch tat,
Der Silhouette nicht, den schmalen Türmen
Chiaveris Schwan und dem Balkon Europas, –
Sandstein der alles weichmacht was hier aufwächst.
Das beste Depressivum ist der genius loci
An einem Ort, gemästet mit Erinnerungen,
Schwammfäule, schön getönt als Nostalgie
Narkotisch wie die psychotropen Jamben,
Die anglo-sächsische Version von *nevermore*.

Auch Dresden ist ein Werk des Malerlehrlings
Mit dem in Wien verstümperten Talent
Der halb Europa seinen Stilbruch aufzwang.
In diesem Fall ergab sich wie von selbst
Die Technik flächendeckender Radierung
Durch fremde Bomber, Meister ihres Fachs
In einer Nacht mit schwarzem Schnee im Februar.
Getreu den Plänen seines Kunstfreunds Speer
(»Die Zukunft, Albert!«) bleibt von *Bausubstanzen*
Nach Tausend Jahren noch, groß im Verfall
Die Schönheit der Ruinen, ihr *Ruinenwert*.
So praktisch kommt Romantik in der Hand
Von Ingenieuren. Ein *Gesamtkunstwerk*
Singt unter Trümmern noch in höchsten Tönen.

Im Futur II wird alles still geworden sein.

(Für Via Lewandowsky)

Casta Diva

1

Erschlagen, *schlapp* von abgebrannten Tagen,
Hockst du in kahlen Zimmern; sinnlos jung.
Es macht dich müd, dem Sterben der Ideen
Zu folgen bis in alle Ritzen. Blitzend
Wie Silberfischchen fliehen sie im Dreck.
Von nebenan steigt Lustgestöhn und Husten
Tief aus Matratzen auf … Bellinis Norma,
Im Radio leidend, bringt dich um den Schlaf.
So lebst du hin, auch du, halbwegs normal.

2

Normal, korrekt – Was für verkalkte Worte.
Mit ihnen fügt dich Zeit ins Mauerwerk
Unmittelbarer Wand, die hier so dünn ist
Wie eine zweite Haut bedeckt mit Narben.
Dahinter Welt (und was du dafür hältst).
Gib zu, du fühlst dein Blut in dieser Enge
Pulsieren unter höchstem Kolbendruck;
Dumpf vor die Stirn geschlagen bis du paßt.
Du greinst, und Miß Migräne frißt dein Hirn.

3

Was Hirn? Die feinen Schwingungen der Wände
Sind wie das Klopfen auf dein Schädeldach.
Ein stumpfer Saphir kratzt die Fontanelle
Und übersetzt, was sich im Mietshausmief
Nur sehr gedämpft verbreitet … – Monologe,
Gebell der Einsamkeit, den Kinderschrei,
Das Rammeln in den Ställchen, Flüche, Schelten,
In das letale Hoch der Frauenstimme,
Mit der es endlos lang zu Ende geht.

4

›Geh-du-für-mich-ans-Ende-Kavatine …‹
Singt, in verziertem Gleichschritt, der Sopran.
Das Radio prasselt wie ein Scheiterhaufen.
Und wie es scheint, bist du es (schlecht entstört
Dein Hirn, dein Herz) der die Musik verzerrt.
Ein Mietshaus ist ein Ort für Melodramen.
Wo graue Zwietracht raschelnd sich betäubt,
Gelb die Neurosen blühn, bleibt als Gewißheit,
Manchmal kaum mehr als einfach dazusein.

5

Dasein als Zellverkehr … in Einzelzellen?
Auch du, für diesen Zeitfilm chromosom-
Getreu kopiert, steckst tief in deiner Zelle.
Man hat nicht erst gefragt, ob du das willst.
Geboren bist du wie du sterben wirst:
Durch Zufall, der sich nun mit Liebe tarnt,
Mit List, Begehren … Neuigkeiten … Sperma.
Und manchmal Arien durch den hohlen Zahn
Gepfiffen in den Opernsaal der Nacht.

6

Gut Nacht. Spät, wenn der letzte Würfel fällt,
Vergreift sich Alt an Jung, Kinder an Tieren.
Im Ehebett wird aus Pervers Banal.
Ein Notruf fängt sich schrill im Telefonnetz
Von einer, die im Fernsprechbuch nicht steht.
Ortlos in ihrer himmelweiten Sendung:
Ist sie die Domina, die nie zurückruft ...?
Unten im Mieterhof, den Tag verschweigend,
Liegt eine Zeitung obenauf im Müll.

7

Im Müll erstickt – heißt bald ein neuer Nachruf,
Der dann auf jedem zweiten Grab erscheint.
Nichts mehr von Liebestod auf offner Szene,
Von Opern-Furor, Pathos und Passion.
In einer Zeit, die als vermißt schon feststeht,
Gesucht noch während sie verlorengeht,
Stirbst du am eignen ungeheuren Dreck.
Bloß gut, daß morgens keine *keusche Göttin*
Im Bett dir tot die kalte Schulter zeigt.
Dreh dich zur Wand. Schlaf ein. Das Radio schweigt.

Falten und Fallen

Variation auf kein Thema

Fortfahren … wohin? Seit auch dies
Nur der fällige Ausdruck
Für Flucht war, für Weitermachen
Gedankenvoll oder -los.
Was aufs selbe hinausläuft, wie?
Zug um Zug einer neuen
Erregung entgegen, einem Gesicht
Zwischen den Zifferblättern
Im Schaufenster, Brillen für Liebe,
Für schärferes Fernsehn, Särge
Und Möbel zum schnelleren Wohnen,
Wo Engel an Kassen saßen, taub
Gegen ihr süßes, nekrophiles Hallo.

Wieder vorm Telephon, in der Vitrine
  Wie unterm Glassturz, kaum
War die Tür zu, erstarrt, ein Objekt
  Für Passanten am Straßenrand,
Starrst du auf dieses Tastenfeld, Ziffern
  Wie der stellare Zauberwald
Am Nachthimmel ... dezimales Mandala
  Das mit Erreichbarkeit lockt,
Mit plötzlicher Nähe, Geflüster, Verrat,
  Sogar Liebe – alles codiert
Wie seit langem im voraus, ein Leben
  Auf Abruf, und kaum gewählt
Explodiert eine Stimme in deinem Kopf.

Unterwegs zwischen Mutter und Äther
   Auf Sendersuche, den Pulsschlag
Des blutigen Hasen im Ohr, anästhesiert
   Wie unterm Handschuh die Haut
Von tausenden Innenstimmen, – wer weiß
   Wer da jedesmal sang, klanglos
Wie im genetischen Chor der Refrain.
   Großmutters *Ach* oder das *Hhm*
All der steinernen Gäste im Keller …
   Bis den Mauern der Schweiß
Ausbricht und du dich flüstern hörst:
   Was für ein Aufwand an Panik
Für ein wenig abgeleckt werden, nachts.

Und morgens schießt aus der Dusche …
   Wasser, was sonst? Rot und Blau
Steht auf den Hähnen für Heiß und Kalt.
   Daß die Haut sich in Streifen
Abschält, bleibt ein alberner Alptraum.
   Kein Dorn im Handtuch, kein Blut
An den Fliesen – das Röcheln im Ausguß
   Heißt Hygiene, nicht Tod.
Und ob Seife noch immer aus Knochen
   Gemacht wird, der Schaum
Auf den Handlinien trocknend, sagt nichts.
   Ängstlich belebt, an den Haaren
Herbeigezerrt, stirbt ein kurzer Verdacht.

Unwirklich das Zimmer, allein bewohnt.
   Im Spiegel Insektendreck, Staub
In den Ecken, gesammelt um Frauenhaar,
   Das schon Wochen dort liegt.
Keine Früchteschale, keine Vase in Sicht,
   Die einzigen Füllhörner, dicht
Gerückt, Bücher. Was von Stilleben blieb,
   Von den kleinen Tropismen sind
Ganz banale Rätsel wie eine blaue … 13 … –
   Aufs Handgelenk tätowiert,
Wunden, aufgesprungen, ein Muttermal.
   Lächelnd und kaum entsetzt
Suchst du in alphabetischen Gebeten Halt.

Nachgiebig weich wie in den Kniekehlen
Fleisch – der begehrliche Traum
Wie er dem einzelnen zustößt, im Bett
Oder offenen Auges beim Gehn:
Etwas blitzt auf, macht sich rar, intrigiert,
Austernhaft kühl und feucht,
Um eine Falte, ein Büschel Flimmerhaar.
War es ein Gaumen, der Spalt
Eines Augenlids, wie in der Infrarotsicht
Wärme der Haut als Indiz für
Versteckte Leichen. Ein Hüftschwung reicht
Und von neuem beginnt was
So hinfällig endet, so wehrlos und weich.

Achtlos, wie alles anfängt, noch schläfrig
   Im Gähnen blutend, siehst du
Dein Kinn im Spiegel zerschnitten, die Haut
   Unterm Schwedenstahl frösteln,
Die Augen im Morgenlicht glasig, ein Tier
   Das den aufrechten Gang übt,
Den Gebrauch von Werkzeug. Wie Läuse,
   Im Waschbecken wimmelnd,
Die Stoppeln Barthaar, – mit jeder Rasur
   Kehrt das Feilschen wieder, sucht
Deine Angst den Balanceakt: ein erstes
   Plädoyer für das Unschuldsherz,
Lang vor dem Adernöffnen die Amnestie.

Was für ein blutiger Knirps du mal warst,
  Ein runzliger Kobold, verknotet
Die Arme, die Beine. Mit bläulicher Haut
  Wie um dein Leben strampelnd,
Früh um dein künftiges Sterben bemüht.
  Und alles fing so untröstlich an
Mit einem gellenden Schrei, als die Welt
  In die Lungen zog, rasselnd.
Mit einem Schock (»Soviel Licht!«), einem Schnitt
  Flinker Scheren und Messer
In das einzige Fleisch, das nicht du warst.
  Der Nabel erinnert den Faden,
Die Zerreißlust der Parzen von Anfang an.

Peinlich, – schon auf den frühesten Photos
  Dasselbe Lächeln voll Zutraun
Zum Objektiv, das die Strahlen bündelt
  In ein Nostalgia, geöffnet
Für Millisekunden, der Körper verführt
  Vom Versprechen der Wiederkehr
Der vertrauten Dinge. Und später ist Zeit
  Mit den Händen zu greifen,
Ein Schwinden, bestürzend, auf Zelluloid.
  Wie dein Lächeln sich auflöst
Beim Betrachten nach Jahren. Befangen
  Vom Unbekannten, fixiert auf
Längst Fernes, weist dein Blick dich zurück.

Wie viele Gesten sind sinnlos, und dennoch
   Hält ein Staunen sie wach. Wütend
Einer Fliege zu drohen, in steifer Andacht
   Vor den Toten den Kopf zu senken,
Mit Grüßen und Winks sich die Einzelhaft
   Zu versüßen, kann amüsant
Oder anständig sein. Vor der Trägheit
   Der Wolken wird alles absurd.
Niemand sieht diesen Clown sich betrügen.
   Den Zeugen, kurz eingenickt,
Ist der Lidschlag entgangen, der Hinweis
   Gespreizter Finger, wenn List
Im Verkehr der Indizien die Zunge löst.

Unmöglich zu fliegen – mit dieser Brust,
   Flach wie bei Emu und Strauß.
Zu sperrig die Rippen und ohne Schwung
   Die Gelenke, nicht leicht genug.
Stehst du am Fenster, Arme verschränkt,
   Den Möwen im Sturzflug folgend,
Ist es wie Zahnschmerz, und jeder Bogen,
   Jedes Und, jede Rundung läßt dich
Am Boden zurück, Exemplar einer Tierart
   Vom Rückfall bedroht, Invalid
Mit gestrecktem Hals. Nur ein Pinguin
   Hält es aus im Stehn, am Rand,
Unter Flügelzucken und schwerem Traum.

Grundlos, wie Leben entsteht, ist es bereit
  Zu vergehn in den Kehlen,
Durch die Finger zu rinnen, die Wand hinab.
  Was sich nie ausging, war Angst.
In jeder Kneipe zu haben, am rechten Fleck
  War es der Dampf an der Theke,
Der Geruch von geschlachteten Hühnern
  Aus Küchen, das ranzige Öl,
Das Zerkochen von Meeresfrüchten zu Müll.
  Schaudernd siehst du den Krebs
Mit verbundenen Scheren, Forelle und Aal
  Unterm Schlammbauch des Karpfen.
Im Kofferraum schreit eine Katze nach Luft.

Sieh, wie oft du zurückzuckst, gespiegelt
  Im Lackglanz von Kühlerhauben,
In metallischen Sonnenbrillen, dir selbst
  Widerfahrend in einer Drehtür,
Die dich hineinzieht. So schnell vervielfacht,
  Warst du immer schon vor dir da
Wie der Igel im Märchen, lästiges Visavis.
  Hämisch auf Fettaugen treibend,
In jeder Suppe zur Stelle, in jedem Bier,
  Gab es nicht viel zu viele von dir?
Stand nicht noch immer in jedem Tröpfchen
  Eins deiner Doubles, im Zweifel
Ob Zeit wirklich sämtliche Züge verwischt.

Denk von den Wundrändern her, vom Veto
Der Eingeweide, vom Schweigen
Der Schädelnähte. Das Aufgehn der Monde
Über den Nagelbetten führt
Andere Himmel herauf, strenger gestirnt.
Komisch die Höhenflüge, getrübt
Aus den engen Knochenhöhlen der Ausblick
Auf Kloaken und Gräberreihen,
Hautflecken, zyklisch, und Sternbilder, nah.
Weiter ist hier die Umlaufbahn,
Länger dauert es in den kälteren Nächten
Bis die Blutung gestillt ist, Hunger
Den Körper versiegelt, das Schwarze Loch.

Fröstelnd unter den Masken des Wissens,
  Von Unerhörtem verstört,
Traumlos am Tag unter zynischen Uhren,
  Fahrplänen, Skalen, beraten
Von fröhlichen Mördern, vorm Monitor, –
  So wird man Sarkast. Fest
Steckt im Zähneknirschen die Reduktion,
  Im Mangel die Schadenfreude,
In Monologen aus Irrsinn das süße Singen
  Des Kinds, von zu Hause entflohn
Aus der Stadt, querfeldein, auf die Dörfer,
  Wo die Füße nachts schmerzten,
Der Augengrund, von Insekten bewohnt.

Die Nerven blank wie unter Flügeldecken,
  Genügt ein kreischender Baukran
Am Mittag, dich zu erschrecken, ein Pfiff
  Ums Eck, eine zischende Dose.
In diesem jüngsten Himmel-Hölle-Spiel
  Bricht etwas auf, sprengt Risse
Ins alte Hirngewölbe des Jahrhunderts.
  Der Boden dröhnt. Sixtinisch
Hallt es von musealen Stunden, tickend
  Im Zentrum, über leere Plätze.
Derselbe Kalk, der die Schlagadern engt,
  Drängt die Straßen ins Weite,
Teilt die Geister vor einer Hochhauswand.

Wußten wir, was den Reigen in Gang hält?
   Daß Lieben einsamer macht,
Schien erwiesen. Jeder behielt ihn für sich,
   Seinen Dorn, bis zur Unzeit
Das Blut die Verbände durchschlug. Selten
   Blieb jemand unverletzt. Eher kroch
Ein Schmerz beim andern unter. Verlassen
   Zu sein war das größte Übel,
Nichts zu fühlen im Frühling, wie amputiert
   Vor defekten Riesenrädern …
Wie uns der Wind in die Baumkronen hob,
   Aus denen wir fallen sollten,
Glücklich, mit einem langen Himmelsschrei.

Ahnst du, wie überfüllt dieser Luftraum ist
   Mit Stimmen und Staub, schwirrend
Durch die Tiefen der Zeit. War die Libelle
   Von den Propellern des Weltkriegs
Ein Splitter? Tanzte der Mückenschwarm
   Sein Ballett nicht im Magnetfeld?
In den windkalten Korridoren der Straßen
   Erfaßt dich, noch aus der Ferne,
Der wache Dohlenblick. Aus dem Geraschel
   Des Laubs steigt der alte Disput
Theologischer Thesen. Zitternd verfehlst du
   Den einzelnen Kiesel, den Grashalm,
Die Umarmung der Erde, gefährlich wie nie.

In utero

1

Niemand berichtet vom Anfang der Reise, vom frühen Horror
Betäubt in den Wassern zu schaukeln, vom Druck
In der Kapsel, vom Augenblick, der sie sprengt.
Wochenlang blutig, und das Fleisch wächst amphibisch
Zuckend wie die Frösche Galvanis, in Folie eingeschweißt.
Horchen ist trügerisch und das Strampeln vergeblich
Wo Liebe erwidert und ein Herz schlägt, so nah.
Über Kloschüsseln hängend wie über offenem Grab
Erwacht bald die Scham. Und es gibt kein Zurück
Für die Hände, die Füße, Farnblättchen gleich eingerollt
Oder schlafenden Mücken, für Jahrmillionen im Bernstein.
Bis es die ersten Namen gibt, später, herrscht Dunkel,
Ein Chorus aus Lauten wie Alkohol, Hoden und Elektroden.
Hautfalten kräuseln sich, daß man den Säugling erkennt.
Alles ist vorstellbar, und ein Gehirn schaut herab.
Ein Blitz zaubert Landschaft in leere Augen.
Um als Lurch zu beginnen und zu enden als Mensch …

2

Wer hätte gedacht, daß es so einfach ist, schließlich?
Das Wetter schlägt um, Reste von gestern lösen sich auf.
Von Station zu Station geht der Körper in härterem Licht.
Als gäbe es wirklich Sprüche, die Regen machen, Regeln
Nach denen verstanden wird, ein Entsetzen, das trägt.
Mit den Tagen kommen die Tode, das »Ich bin der ich bin«.
Unscharfe Photos werden vom Sonnenlicht retuschiert.
Langsam biegt sich der Stachel zurück, kühlt die Wunden.
Der Schatten des Eigenen nimmt der Welt ihr Gewicht.

Biologischer Walzer

Zwischen Kapstadt und Grönland liegt dieser Wald
Aus Begierden, Begierden die niemand kennt.
Wenn es stimmt, daß wir schwierige Tiere sind
Sind wir schwierige Tiere weil nichts mehr stimmt.

Steter Tropfen im Mund war das Wort der Beginn
Des Verzichts, einer langen Flucht in die Zeit.
Nichts erklärt, wie ein trockener Gaumen Vokale,
Wie ein Leck in der Kehle Konsonanten erbricht.

Offen bleibt, was ein Ohr im Laborglas sucht,
Eine fleischliche Brosche, gelb in Formaldehyd.
Wann es oben schwimmt, wann es untergeht,
Wie in toten Nerven das Gleichgewicht klingt.

Fraglich auch, ob die tausend Drähtchen im Pelz
Des gelehrigen Affen den Heißhunger stillen.
Was es heißt, wenn sich Trauer im Hirnstrom zeigt.
Jeden flüchtigen Blick ein Phantomschmerz lenkt.

Zwischen Kapstadt und Grönland liegt dieser Wald
… Ironie, die den Körper ins Dickicht schickt.
Wenn es stimmt, daß wir schwierige Tiere sind
Sind wir schwierige Tiere weil nichts mehr stimmt.

Mensch ohne Großhirn

1

Erstes Arkanum, das hieß
Blanker Sarkasmus, List über alle Maßen
Zerrissenheit, was vom Wissen bleibt.
Mit der Drastik als Credo, dem Wandern
Um das numerische Nichts war Statistik
Vergeßlichkeit.
Jede Quote reißt Zoten.
Wie mein Hasenherz weiß, wie es weiß
Daß es bluten muß, irgendwann erwischt.
Weltscheu wie Dürers Hase liege ich nachts
Vor Bedeutung flach.
Gab es mehr als Flucht,
Fleisch, von den Knochen gelöst, Blöße
In der Zeit des Verschleißes ein wenig Spaß?
Rückzug aus der Borniertheit Sprache,
All diesen Achs und Wehs
Diesseits der Zoologie.

2

Zweites Arkanum, das war
Indifferenz, die totale, Qualen verschalend und Male
Wie sie die Herkunft verschreibt.
Unsichtbar tätowiert
Ist es die Haut die in Schweigen hüllt, Blau
Eine Spannung von Adern und nackter Gewalt.
Welche Freude macht vor dem Schauhaus Halt,
Vorm zerstückelten Leib?
Jeder bessere Witz
Bohrt sich ins Stirnbein ein. Nur allein zu sein
Ist schon Spuk genug.
Hinter dünner Schläfenwand
Unerkannt, war das Bewußtsein ein rohes Ei?
Blätternd in Röntgenbildern sprüht dir der Wind
Silbrige Tröpfchen ins Haar, Gelatine und Chrom.
Komm schon, Stimme im telephonischen Wirrwarr
War das Blabla ein Versteck vor dem Tod
Symbolisch oder banal?

3

Drittes Arkanum, das hieß
Alles willkommen was kommt. Biegsam und isotrop,
Bis es im Kleinsten, in den Gelenken denkt.
Ausgerenkt
Jeder Arm der zu halten sucht was unhaltbar ist.
Schon ein Sandkorn löscht diese Augenwelt aus.
Ein schwacher Luftzug richtet das Flimmerhaar auf.
Und es singt weiter »Kleine psychische Illusion …«
Auf dem falschen Ton.
Nicht bevor er bricht
Wird dir klar, wie zerbrechlich dein Knöchel war.
Keine Zelle bleibt was sie ist. Alle sieben Jahre
Ist der Körper ein andrer, die Haut unverwandt
Wie im Spiegel der Fingernägel das eigne Fleisch.
Entzogen der Boden, totcodiert der enorme Raum
Und die Skelette zerfallen im Labyrinth.
Also allein, also blank,
Also was?

Im Museum der Mißbildungen

Aber ein Mensch ohne Großhirn, wo führt das hin?
Im Reagenzglas trübt sich die Gewebeprobe, ausgefällt,
In einem Schälchen treibt wie Gallert einer Feuerqualle
Ein Schleimhautfetzen, eine alte Liebe … Sieh dich um –
Ein langer, plankenstarrer Gang im *Licht der Medizin*,
Entlang der Wände mit den Mauerrissen wie Geäder
Stehn die Vitrinen voll amorpher Naturalien, dürre Reste
Von Beutezügen durch die Darwinschen Provinzen.
Milchweiße Monster, halb Kugelfisch, halb Wasserkopf
Mit transparenten Schwimmhauthänden breit wie Flügel,
Anencephale Früchte mit dem Auftrieb einer tauben Nuß.
Ein Säugling, das Zyklopenlid zum Schlitz verengt,
Wolfsrachen und Grimassen wie von Außerirdischen,

Mit bösen Stirngewächsen eine Kollektion von Gnomen,
Gestauchte Föten, eine Katzenmumie wie gedörrtes Obst,
In großen Augenhöhlen statt des Wüstensandes Staub.
Aus einem Kasten schielt ein Zwilling, siamesisch,
Daneben ein verwachsnes Lämmerpaar, ganz *Agnus Dei*.
Um einen marinierten Stierkopf samt Tumor im Glas
Spinnweben, eine tote Spinne und auf Vorrat Fliegen …
In gelber Flüssigkeit, betrunken, treibt ein halber Hund.
Aber ein Mensch ohne Großhirn, was soll das sein?

Meditation nach Descartes

1

In welchem schneebedeckten Jahrhundert, mit Fingern
Steif auf bereifte Scheiben gemalt, erschien dieser Plan
Zur Berechnung der Seelen?
                    Was so lange ein Hauch war
Vor getrübten Augen, ins Dunkel gesenkter Stirn,
Hing nun als glitzernder Tropfen in der Gewitterluft
An einem Brustkorb, aus Zweigen geformt.
Saubere Schnitte legten den Blutkreislauf frei
In den Armen des Schächers, am Hals des Gehenkten
Das hydraulische Wunderwerk. Endlich
Gehorchten Betrug und Verrat geometrischer Form.
                    Zwischen den Armen
In Klammern gesetzt, war der Kopf ein gesichertes Ziel
Für den göttlichen Anschlag, den kosmischen Staub.

Landschaft und Denken und Ich, alles lief auseinander.

2

Einen Körper zerstören ist leicht, kinderleicht.
Es genügt eine Zeichnung, ein Entwurf, der zerreißt
Die Gewebe, den hauchdünnen Fallschirm Lunge, das Herz,
Lange im voraus.
                    Methodisch, mit Klingen und Nadeln,
Rückt Tod nun zu Leibe, dringt in Hohlvenen ein,
Öffnet Klappen, Ventile, näht die Schädel hinter sich zu.
In einer Fischblase gefangen, ein Novize der Melancholie,
Blaß vom Sezieren, wirft sich der Wundarzt, der Anatom
Vor Spiegeln in Positur. Ganze Zimmer verschwinden
Im Sog einer Bauchhöhle, einer erbrochenen Schläfe.
Ein Thermometer, eingeführt in den Schlund, eine Gabel
Wird zum tödlichen Werkzeug. Doch das beweist nichts
Gegen die Wiederkehr alter Träume auf rissiger Leinwand,
Das Arkadien des Unbewußten auf dem morschen Brokat
Goldener Gobelins.
                    Etwas schlägt zu, und es bleibt
Das geheime Indiz, dieses vorletzte, letzte
Bild auf dem Augenhintergrund nicht.

Alba

Endlich sind all die Wanderer tot
Und zur Ruhe gekommen die Lieder
Der Verstörten, der Landschaftskranken
In ihren langen Schatten, am Horizont.

Kleine Koseworte und Grausamkeiten
Treiben gelöst in der Luft. Wie immer
Sind die Sonnenbänke besetzt, lächeln
Kinder und Alte aneinander vorbei.

In den Zweigen hängen Erinnerungen,
Genaue Szenen aus einem künftigen Tag.
Überall Atem und Sprünge rückwärts
Durchs Dunkel von Urne zu Uterus.

Und das Neue, gefährlich und über Nacht
Ist es Welt geworden. So komm heraus
Aus zerwühlten Laken, sieh sie dir an,
Himmel, noch unbehelligt, und unten

Aus dem Hinterhalt aufgebrochen,
Giftige Gräser und Elstern im Staub,
Mit bösem Flügelschlag, Diebe
In der Mitte des Lebensweges wie du.

Falten und Fallen

Leute mit besseren Nerven als jedes Tier, flüchtiger, unbewußter
Waren sie's endlich gewohnt, den Tag zu zerlegen. Die Pizza
Aus Stunden aßen sie häppchenweise, meist kühl, und nebenbei
Hörten sie plappernd CDs oder fönten das Meerschwein,
Schrieben noch Briefe und gingen am Bildschirm auf Virusjagd.
Zwischen Stapeln Papier auf dem Schreibtisch, Verträgen, Kopien,
Baute der Origami-Kranich sein Nest, eine raschelnde Falle.
Jeder Tag brachte, am Abend berechnet, ein anderes Diagramm
Fraktaler Gelassenheit, später in traumlosem Kurzschlaf gelöscht.
Sah man genauer hin, mit der aus Filmen bekannten Engelsgeduld,
Waren es Farben, verteilt wie die Hoch- und Tiefdruckzonen
Über Europas Kartentisch. Sie glichen dem Fell des Geparden
Im Säugetier-Lexikon, den Blättern fixierten Graphitstaubs
Mit Fingerabdrücken in der Kartei für Gewalttäter. Deutlich
War diese Spur von Vergessen in allen Hirnen, Falten, Gesichtern,
Flüsternd, bis auf den Lippen das dünne Apfelhäutchen zerriß.

Das Ohr in der Uhr

1

Seltsam, wie Klänge sich ändern. Im Jahrhundert der Violinen
War das Zertrümmern der Schneckenhäuser Musik.
Der Nachhall fallender Würfel hielt knöchern
Über Schlemmerbanketten den Takt. Bald waren Schritte,
Im Muschelkalk knirschend, ein Dauergeräusch
Und ein Appell an die Brandung, wie Geschützdonner,
Weiter entfernt. Alles das Kettenrasseln und Rumpeln
Öliger Fässer, Dampfkesselzischen prägte den Raum
Bis aus dem Kirchenschiff ein Maschinensaal wurde.
Glocken und Hämmer phrasierten den Tag, und von Rädern
Und Walzen spritzte Schlamm auf Akkorde. Ein Wind
Fuhr in Notenhimmel, geordnete Partituren.
Von nun an
War jede Andacht Abkehr, die Suche nach Zwischentönen,
Ein feines Spiel mit den Echos der Echos … *Vanitas*
Für Gelähmte. Wie du staunend am Ufer den Kieseln

Zusahst, die lautlos erst leicht, dann schwererwerdend
Das Wasser streiften. Der Strand, zerwühlt
Von nervösen Familien, war unter zurückgelassenem Müll
Bis auf das einzige Radio stumm. Und daß Möwen
Wie Schulkinder schrien, war eine Täuschung
Geschärfter Ohren in der vorweltlichen Szenerie
Von Gräsern, unhörbar wachsend, und Kalksteinfelsen,
Zermahlen zu Staub.

2

Auf einmal mußten die Fische beatmet werden.
Unter künstlicher Haut lagen städtische Teiche, Kanäle,
Von Hydranten bewacht, pumpend still. Reglos
Im Regen verfielen die Bäume dem Lärm. Ihre Stämme,
Verletzt, trugen weiße Binden, Unfallspuren,
Eine verwitternde Blindenschrift. Seit die Himmel
Geschichte sind, zogen die Wolken vorbei wie versetzt
Über Dachterrassen und klimatisierte Hügel,
Mit kleinen Villen bestreut. Ein Blick auf die Uhr,

Und der Tag lag gebannt. Jeder ging nach Gehör,
Setzte eilig den Schritt, verlief sich, vom Hierhin
Und Dorthin entzückt.
                                        Gewalt, aus den brütenden Schächten
Stieg sie und räumte den Weg frei für ruhigere Viertel,
Für die wohnlichen Zonen, den Freitod
Auf Inseln der Philharmonie. Und wie alles drohte,
Wie der Wind mit sonorem O in den Ohren lag …
Gab es nicht Parks mit geschützten Tieren, Asyle
Mit Bänken fürs Alter. Wie leicht dieses Sterben fiel
Unter den Kolonnaden, den Bögen verbrauchter Luft.
Mitten im Satz schlug eine Autotür zu. Dein Erschrecken
Wechselt die Straßenseite, noch immer, die Gangart.
Hör zu, junges Schlitzohr, was auch im Traum
Nicht mehr Laut gibt, ist tot. Wußtest du nicht?

Schlaflosigkeit

Und einmal sah ich die Störche von oben, ihre schäbigen
Flügel, gehoben, gesenkt in die Ruhe ziehender Wolken.
Drinnen im Flugzeug war es ein Motortraum,
Technischer Schlaf, der durch Zeitzonen mithielt
Auf den Routen der Tiere. Triebwerke, Wolken
Und Passagiere, das alles entzog sich
In Pythagoras' Schweigen. Von den zahllosen Mythen,
Verbrannt, war nur Asche geblieben, eine endliche Weiße,
Zermahlen zu etwas das den Tenor des Lebens gab,
Angst vor der Zeit. Auch die Erde, für Stunden,
War unauffindbar geworden wie die wandernden Lager
Der Reiterhorden, das Grab Dschingis Khans.
Nichts verriet, wohin ihre Toten dort unten, die Mumien
Aus Pech, wenn die Städte erobert waren, verschwanden.
Auch das Epos von Meerfahrt, vom glücklichen Wilden,
Mit Stahläxten zum Christen verwandelt, lag weit
Im Dunkel zurück, schon homerisch.
                                        Den Störchen im Keilflug
Sah man den Rückzug an Afrikas Flüsse nicht an.

Einem Okapi im Münchner Zoo

Daß eine Stahltür sich öffnet, und seinen letzten Käfig
Betritt ein Fabeltier, zitternd, weil es Zeit ist zum Füttern,
Weil der Pfleger nach Hause will und das Publikum lacht,
Steht in keiner der Einhorn-Legenden verzeichnet. Okapi, –
Ein Wort aus den Urwaldsprachen, die niemand mehr spricht.
Zu kurz für Savannen, hat dieser geduldige, rostbraune Hals
Die Strohballen verdient, den vergitterten Schlafstall.
Denn die gerodete Welt wird ihm fremd sein, so fremd
Wie dem zerstreuten Besucher ein kombiniertes Tier,
Halb Giraffe, halb Zebra, und von den kindlichen Schatten,
Den Bilderbuch-Silhouetten beider, gleich weit entfernt.
Noch so ein Wiederkäuer verlorener Zeiten, ein Posten
Am zoologischen Wegrand aufgestellt, wie zur Warnung
Vor der Exotik von Hinterbliebenen, einsam in ihrer Art.

Pech für den zweiten Wurf

Zwei Uhr nachts, Zeit des Igels der
Bei den Mülltonnen stöbert
Während du zögernd
Wie auf Stacheln vorübergehst

Irgendwo in Europa, im selben
Mondflutlicht heimisch
Und wie dieser Igel
Raschelnd im Rinnstein

Irgendwo in Europa, nichtsahnend
Erfrischt von Novemberkälte
Und wie dieser Igel
Allzu mager für einen langen
Winterschlaf, allzu naiv

Sich nicht doch noch mit Äpfeln
Vollzustopfen um zwei Uhr nachts
Irgendwo in Europa
Und wie dieser Igel

Eine so leichte Beute der Zeit.

Den Teuren Toten

Berlin. Ein Toter saß an dreizehn Wochen
Aufrecht vorm Fernseher, der lief, den Blick
Gebrochen. Im Fernsehn gab ein Fernsehkoch
Den guten Rat zum Kochen.
Verwesung und Gestank im Zimmer,
Hinter Gardinen blaues Flimmern, später
Die blanken Knochen.
Nichts
Sagten Nachbarn, die ihn scheu beäugten, denn
Sie alle dachten längst dasselbe: »Ich hab's
Gerochen.«
Ein Toter saß an dreizehn Wochen …
Es war ein fraglos schönes Ende.
Jahrhundertwende.

Fahrlässiges Betreiben eines Heißluftföns
Führte im Fall Frau Helga M.'s zu einem Unfall
Mit Todesfolge. Aus noch nicht geklärtem Grund

Hatte die Frau ihr Bad entgegen der Gewohnheit
Zum Haarabtrocknen nicht verlassen. Schlimmer noch,
Die Wanne halbvoll und bei schwachem Deckenlicht

Benutzte sie, die noch im Wasser lag, in aller Eile
Und ungeachtet der Gefahr den Fön im Netzanschluß.
Dabei geschah's.
Sie war schon tot, als sie ihr Gatte fand.
Der Polizei erklärte er, noch unter Schock:

»Die dreizehn Ehejahre waren hin wie nichts.«

Nach schwerer Krankheit, einem arbeitsreichen Leben
Starb unser Vater, Kämpfer für den Fortschritt,
Zeitzeuge, Bestarbeiter, Mittelstürmer,

Verdienter Eisenbahner auf drei Dampf-Lok-Typen,
Leuchtendes Vorbild in den Tunneln der Geschichte
Aus denen aufzutauchen wenigen bestimmt war.

Um ihren Meister trauert die Brigade »Elfter Mai«,
Um den Genossen die Partei, um einen treuen Gatten
Die Kampfgefährtin die ihm lebenslang zur Seite stand.

In fester Zuversicht
Die Enkel.

Verzagt. – Im Schließfach eines Fernbahnhofs in Rom
Fand sich die Leiche eines neugebornen Kindes,
Kaum eine Woche alt. Die Nabelwunde war noch frisch.

Noch war der Name auf der Haut nicht angetrocknet,
Kaum sichtbar das Geschlecht, da lag das Bündel
Schon festverschnürt bereit zur Reise

In einen andern Automaten-Limbo, in ein andres Licht.

In einer U-Bahn, früh am Morgen, lag ein Toter
Erwürgt mit einem Draht. Aus seinen Ohren quoll
Musik aus einem *walkman* irgendwo im Innern

Der Lederjacke, blutverschmiert. Sein kahler Schädel
Hing über die zerstochne Sitzbank wo mit Filzstift
In Kinderschrift geschrieben stand »Du Arschloch!«

Nach den Satiren

In der Provinz 1

(Normandie)

Eingefallen am Bahndamm,
Liegt ein Hundekadaver quer im Gebiß
Kreideweiß numerierter Schwellen, erstarrt.

Je länger du hinsiehst, je mehr
Zieht sein Fell in den Staub ein, den Schotter
Zwischen den Inseln aus frischem Gras.

Dann ist auch dieses Leben, ein Fleck,
Gründlich getilgt.

In der Provinz 2

(Auf Gotland)

Nur dies gab es auf lange Sicht hier, diesen Wellenfluß
Von Landschaft, fokussiert in einem Bussardauge, –
Die kahlen Hügel, einen Feldweg und am Rand
Die Hasenpfote im Gebüsch, vom Wind zerzaust
Ein abgenagtes Sprunggelenk, das in der Hand
So leicht wog wie ein Vogeljunges,
Das noch beweglich war, noch warm war und heraus
Sprang aus der Pfanne, blutig wie die Beute
Des Grauen Würgers auf dem Dorn der Eberesche, –
Ein kleiner Knöchel, winkend mit dem Fetzchen Fell.

Sah so der Rest von einem Hasen aus, nachdem
Der Schatten eines Flügels über ihn gekommen war,
Den Zickzacklauf ein Krallengriff, den flachen Atem
Gezielter Schnabelhieb beendet hatte? Unbequem
Muß dieser Tod gewesen sein, auf winterlicher Erde
Wehrlos verrenkt, die letzte Zuckung.
Was vom Gemetzel übrigblieb, hing in den Zweigen,
Die sich an nichts erinnern wie bestochne Zeugen.
Das Gras, längst wieder aufgerichtet, sorgt dafür,
Daß es auf lange Sicht nur dies gab hier, den Hasenfuß.

In der Provinz 3

(Böhmen)

Die Stille um einen toten Maulwurf
Am Rand eines Weizenfeldes, sie trügt.
Unter ihm sammeln sich Käfer, bewaffnete Kräfte
In schwarzer Uniform. Über ihm kreist,
Bevor er abdreht, die Flügel zerzaust, ein Habicht.
Ameisen graben, Kommandos im Eilmarsch,
Am Rückgrat entlang eine Rinne. Im Innern
Laufen die Drähte heiß, wimmeln nervöse Maden
An der Börse der Eingeweide. Vom Bauchfell
Tragen fliegende Händler (oder sind es Reporter)
Die Botschaft in alle vier Winde: Ein Aas, ein Aas!
Nur eine Grille, einen Sprung weit entfernt,
Liest in den Wolkenzügen und sonnt sich
Schweigend, ein stoischer Philosoph.

In der Provinz 4

(Campania)

Wie der Gekreuzigte lag dieser Frosch
Plattgewalzt auf dem heißen Asphalt
Der Landstraße. Offenen Mauls,

Bog sich zum Himmel, von Sonne gedörrt,
Was von fern einer Schuhsohle glich –
Ein Amphibium aus älterer Erdzeit,
Unter die Räder gekommen im Sprung.

Keine Auferstehung als in den Larven
Der Fliegen, die morgen schlüpfen werden.

Durch welche Öffnung entweicht der Traum?

In der Provinz 5

(Bei Aquincum)

Wie vom Reisewagen gestreift eines fliehenden Siedlers
Lag auf der Römerstraße die tote Amsel, zerfetzt.

Einer, der immer dabei war, den nie was anging, der Wind
Hatte aus Flügelfedern ein schwarzes Segel gesetzt.

Daran erkanntest du sie, von fern, die beiseitegefegte,
Beim Einfall der Horde an die Erde geschmiegte Schwester.

Ob Daker und Hunnen, Mongolenpferde und Motorräder –
Schimpfend hatte sie abgelenkt von der Nähe der Nester.

Mehr war nicht drin. Sieht aus, als sei sie gleich hin gewesen.
Der miserablen Sängerin blieb nur sich querzulegen.

Damals im Staub grober Quader, heute auf nassem Asphalt.
Immer war Völkerwanderung, meistens Gefahr auf den Wegen.

Klage eines Legionärs aus dem Feldzug des Germanicus an die Elbe

Nichts ist schlimmer als dieser tödliche Rückweg
Nach einer Schlacht, und der Gedanke daran
Wochen bevor der Feind sich gezeigt hat.
Todfinster ist das Gesicht des Feldherrn,
Die Truppe erschöpft, kein Eilmarsch mehr möglich.
Hinter den Schilden geht schweißnaß, die Füße wund
Der Rest der noch Unverletzten. Im Dauerregen
Sind die Pfade im Schlamm versunken, die Wälder
Ein einziger Hinterhalt, und die Barbaren in Rudeln
Beißen sich Stücke aus unseren Rücken, die Wölfe.
Wer nicht im Nordmeer ertrank, fern der Heimat,
Den schlucken die Sümpfe, weit weg von Rom.
Über Nacht hält Morast die ganze Legion,
Tags sind es morsche Dämme, brüchige Leitern,
Von deren Rand mit gebrochenen Fingern
Der Einzelne abrutscht. Das Land liegt im Nebel

Wie eine Inselgruppe im Meer … *Germania Magna*,
Wo die Wälder noch dicht sind, kein Baum
Auf dem Ozean treibt als Galeerenbank
Oder als brennender Schiffsrumpf. Aussichtslos
Ist der Krieg um Provinzen groß wie ein Erdteil,
Um Gebiete, die nicht zu halten sind,
Außer durch neuen Krieg. In den waldigen Tiefen
Verliert der Triumph sich, die lateinische Ordnung.
Und kommst du endlich, um Jahre gealtert, nach Haus,
Steht der Germane in deiner Tür, und es winkt dir
Das strohblonde Kind deiner Frau.

Kleinigkeiten nach Christus und Juvenalis

IV. Kein gutes Omen

Freunde, was ist das? Seit Tagen quält mich ein Traum,
    Immer derselbe. Ich kann nicht mehr ruhig schlafen.
Da lieg ich entspannt auf dem Rücken, weinselig, und kaum
    Hab ich die letzten Flocken vom Schwanz abgeschüttelt,
Fährt mir ein Blitz durch die Lider. Dem ärmsten Sklaven
    Kann es nicht schrecklicher gehen. Was muß ich sehn?
Eine lange Säulenflucht, hitzeflimmernd im Mittagslicht.
    Ich bin allein dort im Wald, und bewaffnet mit Knütteln,
Hinter einer der Säulen, ich riech es wie Knoblauchzehen,
    Warten stumm meine Mörder. Sie bewegen sich nicht.
Doch ich weiß, daß sie da sind. *»Die tausendste Säule*
    Wird dir leicht zum Verhängnis, lebst du so wie bisher«,
Hat für Geld mir ein Perser geweissagt. Was soll ich tun?
    Soll ich weniger essen? Kommt der Traum hinterher,
Wenn ich rausfahr aufs Landgut? Soll ich opfern? Ein Huhn?
    Jeder Spiegel, behaucht, trübt sich, Freunde. Vor Fäule!

VI. Am Flußhafen von Aquilea

»Wie still es heut ist. Irgendwas fehlt hier. Den ganzen Tag
Will mir ein Rätsel nicht aus dem Kopf, das besagt:
Was dir fehlt, merkst du erst, wenn dir endlich einfällt,
Daß du es niemals vermißt hast. Doch schon ist es fort.«

»Hat es dir keiner erzählt? Die kleine Fabritia,
Die so gern bei den Schiffen spielte und in den Speichern
Jeden zum Lachen brachte mit ihrem Spitzmausgesicht –
Gestern hat sie der Vater begraben. Kaum fünfzehn Jahr
Ist sie alt geworden und schrieb doch schon Tagebuch.
Du warst dabei, wie sie der Esel erschreckt hat,
Den dieser Stumme, der immer den Rotz hochzieht,
Manchmal beim Packen am Kai vergißt. Wie sie starr
Vor Entsetzen das Tier ihren Strauß Hyazinthen
Auffressen sah, – und wir lachten anstatt ihr zu helfen.
Jetzt ist sie tot. Wie es heißt, an einer Krankheit gestorben,
Die nicht einmal Herodot kennt oder gar unser Quintus.
Dieser Neunmalkluge hat noch ihr Blut untersucht,

Und gefunden hat er nichts als ein Haar seiner Katze,
Weil die um die Schüssel herumstrich, das blutgeile Vieh.
Erst stirbt die Mutter, dann gehen dem Vater am Pontus
Vier seiner Schiffe verloren, und schließlich das Kind.
Jetzt hat sie sich aufgemacht Richtung Westen, begleitet
Von Tritons Delphinen, den ersten in ihrem Leben.«

»Du meinst, diese Kleine, die so oft von Delphinen sprach?
Die sich immer an Bord schlich, und kaum versteckt,
Gab sie uns Zeichen und rollte die Augen und machte ›Pst!‹.
Bis sie der Vater holte und forttrug, die heftig Zappelnde,
Jedesmal mit demselben Wehmutsblick. Meinst du die?«

»Was glaubst du? Ob wir sie beide wohl noch mal sehn?
Thanatos hält sie, der alte Kinderschreck, jetzt unterm Arm.«

Der Misanthrop auf Capri

Nicht wahr, sie machen euch Angst, meine Finger,
So lang und so knochig, zehn krumme verdorrte Äste.
Was wird erzählt? Ich könne mit Links einen Apfel durchbohren?
Nicht nur das, liebe Freunde. Auch ein glotzendes Auge.
Auch den Brief, der mir schmeichelt mit blinzelnden kleinen Worten.
Ich brauch keinen Schlagring, mir genügen die Finger –
Dieselben, mit denen ich Krebse esse und Kleinkinder necke.
Wie man vom Tisch eine Fliege schnippt, die dann kreiselnd
Am Boden verendet, so fahr ich dem Staunenden ins Gesicht.
Was wie ein Streicheln aussieht, eine zärtliche Geste,
Ist mein gefährlichster Schlag. Nicht wahr, das brennt,
Und macht blutige Striemen. Hab ich den Feind erst markiert,
Bin ich ganz sicher, es findet sich einer, der ihn beseitigt für mich.
Ich aber zieh mich zurück, trauernd. Das Schlachten widert mich an.

Hadrian hat einen Dichter kritisiert

Lächelnd gab Favorinus nach, unterbrochen
Vom Kaiser. Falsch sei der Ausdruck,
Ein Makel in einem so schönen Gedicht.

Sollte er recht behalten, nur weil er wußte,
Wieviel besser sein Wort war? »O Freunde,
Wie dumm ihr doch seid, mich zu rügen,
Mich hätte ein Machtwort gebeugt.

Ihr begreift nicht, wie klug einer sein muß,
Der dreißig Legionen im Rücken hat.
An die Spitze gebracht hat ihn sein gutes Latein.
Sein Urteil wird in Ägypten Stein, in Britannien.

Sein Funken Kunstverstand
Setzt von hier bis Achaia Bibliotheken in Brand.«

Griechischer Abschied. Eine Stele

Die Hand des Trauernden, in Stein, greift nach der Hand
Des Toten, der den Blick senkt, weil er weiß,
Daß vor ihm nichts mehr kommt. Was den erwartet,
Der um ihn trauert, sieht er. Es ist nichts,
Was sich vergleichen ließe mit den Thymianwiesen,
Den Schatten unter Pinien und am Meer der Grottenkühle,
Die er zurückließ, überstürzt. Aus Scham
Bleibt er gebeugt vor dem Verwandten stehn und wartet,
Bis dieser ihn entläßt mit seinem Trauerspruch,
Der ihn nichts angeht mehr. Sein Grab wird leer sein
Nach ein paar Sommern, wenn bei guter Ernte
Und neuem Wein die Themen beim Symposion wechseln.
Wenn wieder sich die Äste biegen unter Aprikosen
Und Kinder fröhlich mit den Knöcheln spielen,
Die Regen freigelegt hat. Mit dem Handschlag,

Wie immer, wenn es was zu teilen gab, wird auf der Stelle
Ein Rest von Lüge familiär geteilt, – als Proviant.
Die letzte Täuschung ist die Inschrift. Nein, der Tote,
Schon temperiert wie dieser Stein und ebenso gesprächig,
Braucht nicht mehr, was der Trauernde noch braucht.
Nur deshalb zögert er, den Atem angehalten, mitleidsvoll,
Fast wie zum Abschied auf der letzten Schwelle.

Kosmopolit

Von meiner weitesten Reise zurück, anderntags
Wird mir klar, ich verstehe vom Reisen nichts.
Im Flugzeug eingesperrt, stundenlang unbeweglich,
Unter mir Wolken, die aussehn wie Wüsten,
Wüsten, die aussehn wie Meere, und Meere,
Den Schneewehen gleich, durch die man streift
Beim Erwachen aus der Narkose, sehe ich ein,
Was es heißt, über die Längengrade zu irren.

Dem Körper ist Zeit gestohlen, den Augen Ruhe.
Das genaue Wort verliert seinen Ort. Der Schwindel
Fliegt auf mit dem Tausch von Jenseits und Hier
In verschiedenen Religionen, mehreren Sprachen.
Überall sind die Rollfelder gleich grau und gleich
Hell die Krankenzimmer. Dort im Transitraum,
Wo Leerzeit umsonst bei Bewußtsein hält,
Wird ein Sprichwort wahr aus den Bars von Atlantis.

Reisen ist ein Vorgeschmack auf die Hölle.

Daguerreotypie Baudelaire

Und niemals wieder kehrt in Paris diese Straße
Mit dem trüben Mansardenfenster, das sich beim Hinsehn schließt.
Dort ging Baudelaire in grüner Perücke und jagte die Phrase,
Den Krankheitserreger, in Gazetten, auf rostige Haken gespießt.

Zwischen Kirche und Abdeckerei kam ihm alles abhanden,
Was zum Auftritt gehört, – die Demut, die Glorie, zuletzt der Elan.
So gab er gelangweilt den Dandy, ein Versuch, bei Aktricen zu landen.
Und sah ihn krepieren, im Rinnstein, den humpelnden Schwan.

Die Stadt aber mausert sich seither im photographischen Licht,
Das die Baumkronen schält, vor hellen Fassaden, zu blankem Gebein.
Wenn der Mohr auch allnächtlich die weiße Geliebte ersticht, –
Die Schatten vorm Opernhaus sind es müde, Gespenster zu sein.

Nach den Satiren

> In der Stadt zu schlafen kostet viel Geld,
> Davon rühren alle Übel her.
>
> Juvenalis, *Dritte Satire*

I

Mit den Fühlern voraus, wie die Schnecke ins Rennen geht,
Kehrst du nach Hause früh, durch den blutigen Brei
Dieser Städte, beim Wechseln der Straßenfront
Das getrocknete Blut an den Sohlen.
Ein neues Jahr
Hat begonnen. Die ersten Kinder sind auf dem Asphalt,
Die ersten Alten im Schlaf geblieben. Verbrannte Körper
Steigen als Rauch in den Himmel, hinter Kapellen hervor.
Wegen des milden Winters sinkt der Verbrauch von Heizöl,
Kommen die Zugvögel früher zurück, liegt in der Luft
Ein Ermuntern zu höherem Einsatz, brutaler Eroberung –
Schnelle Liebe auf Autositzen, Yoga im nächsten Park,

Ein fernöstliches Lächeln, das über den Dächern schwebt,
In Tröpfchen sich niederläßt auf den Blaubeeren, Trauben
In Stiegen am Wegrand, auffährt mit vertraulichem Wind.
Zeit, aus den Löchern zu kriechen …
                                        Mach ein Register
All der Dinge, die dir jetzt wichtig sind. Wie sieht er aus,
Dein Schild des Achill, dieser Fahrplan aus Nichtigkeiten,
Ereignisschwer. Sind es heroische Stunden, Gewitter
Über entlaubten Bäumen, Schreie aus Schlachthoftiefen,
Museal wie die wogenden Leiber auf einem Gigantenfries?
Oder waren es Rinnsale, Schwangerschaften, Tapetenmuster
Aus nässenden Wunden, getrocknet am Straßenrand,
Szenen, auf leere Blechdosen geritzt, Karikaturen im Dreck,
Der sich zu Füßen der Stammtische sammelt, im Umkreis
Verbissener Hunde und ihrer Besitzer, im Streit verkeilt?
O diese Hundekämpfe an jeder dritten Ecke, das Rangeln
Um den Blick eines Mannes, den Geruch einer Frau
Mitten im Dickicht. Dafür spielen die Muskeln
Vor geöffneter Kühlerhaube wie geölt überm Motorblock.
Dafür schimmern die Beine durchs Nylon, drohen Parolen

An den rauchdunklen Mauern mit ungeheuren Verbrechen.
Jederzeit wird ein Spielplatz zum Tatort. Eine Passage
Sortiert die kommenden Opfer nach Alter und Schwäche,
Selten nach Wohlstand. Jemand im Rollstuhl, ein Bettler,
Entgeht einem Raub sowenig wie die Alte am Friedhofstor.
Überfahren wird einer, weil er den Parkplatz blockierte,
Weil sein Lächeln verdächtig war und die Sonne zu heiß.
Wer riskiert jetzt zu helfen, wenn ein Verletzter halbtot
Nach einem Überfall sich durch Glasscherben schleppt.
Daß er allein war, sein Fehler, daß er sich wehrte, sein Pech.
Denn die Meute zieht weiter, zerstreut sich. Minuten später
Hockt sie verteilt in den Parks, lauert im Schwimmbad
Träge am Beckenrand, bis das Wasser sich rot färbt.
Wo einer beim Skatspiel erschlagen wird, in den Kneipen,
Weil er zu laut war, herrscht tags darauf reger Betrieb
Unter Ventilatoren. Daß vergewaltigt wird, gilt als normal,
Daß ein Fenster zum Einbruch führt, eine Mülltonne brennt.
Hinsehn ist alles ... »Leben kommt und vergeht im Affekt«.
Jeder Tag kann ein Tag sein, der alles zerreißt

In einer Stunde wie jede, alles und nichts,
Was die Netzhaut behält.
                                        Denn das Unheil ist stumpf
Im Moment des Erscheinens, vergessen,
Wo eine Kehrmaschine das letzte Wort hat, am Morgen,
Wie das Schuhpaar des Mörders der Bordstein glänzt.
In der Stadt zu schlafen, kostet viel Geld. Daher die Übel …
Sagt Juvenalis, zweitausend Jahre vor deinem Eintritt
In die Reihen der Zeitgenossen, urbaner Widergänger,
Den eine Schönheit anfällt zwischen zwei Häuserblöcken,
Hier wo das Herz der Gewalt schlägt. An deinen Schläfen
Fängt sich ein Luftstrom aus alten Städten. In deiner Hand
Erinnert die Münze an die Kühle der Thermen Roms
In der Zeit der Satiren …
                                        Als die Vorstadt zur Hölle wurde
Nicht nur für Christen, als in den Villen den Marmor
Kein Wasser mehr reinwusch, satt von Zynismen,
Der Dichter auf Fischschuppen ausglitt, der fette Sklave,
Und das Jahrhundert starrte in ein Muränenmaul.

Noch stand an keiner der Mauern *Was ist das Böse*?
Das es doch überall gab, wie die Unschuld, die Schaulust
Beim Schlachten im Zirkus, wenn die Hirnschalen krachten,
Das zufriedene Blinzeln, als der Jude verreckte am Kreuz.

Nicht der Frühling war grausam, der neue Flieder, grausam
War dieser Blick aus verwaschenen Augen, die Trägheit
Hinterm Rücken des Henkers, den seine Ruhe verriet.
Denn der Krokus kehrt wieder, die Erde bricht wieder auf
Mit dem Blau kühler Himmel. Dicht am Asphalt
Spiegelt das Gras sich in den Vitrinen des Juweliers,
Der eines Tags ausgeraubt wird. Ein Kopfschuß
Macht aus dem Ladentisch einen blütenschweren Altar.
Im Handumdrehn ist die Stadt ein hysterischer Traum,
In dem die Bäume gezählt sind, die Hecken, und Panik
Aus den Büschen nach Fußgängern greift. Vor den Cafés
Folgen Tauben, pedantisch nickend, jeder falschen Regung
Wie die Opfer von Trickbetrügern. Durch laute Straßen
Ziehen bewaffnete Kinder zum Duell auf den Schulhof.
Halb verwelkt sind die Rosen, die der stumme Verkäufer

Anpreist wie ein gehetztes Tier. Vor dem bösen Blick
Aus dem Kinderwagen schreckt selbst die Mutter zurück.
An einer Kreuzung hackt ein Mädchen auf Kohlköpfe ein.
Vielleicht sind sie fremd hier, sie alle, wütend, zur Unzeit
Geboren zu sein, unterm falschen Sternbild.
... Wo es Wunder genug gibt, wie Horoskope und Hunde,
Die mit der Schnauze in Zeitungen blättern, Dämonen,
In Hausfluren ausgesetzt, winselnd.
                                        In dieser Enge
Führt jeder Schrei von begrünten Balkons zum Gerücht
Unter Nachbarn, schließt eine Tür wie ein Verdacht
Mit dumpfem Ruck. Irgendwo ist ein Totschlag die Folge
Einer verkannten Bitte. Unter metallischem Laub
Raschelt der Jähzorn, der Ärger. Wie Gasgeruch legt sich
Über Straßen im Zwielicht, Plätze, tags dunkel, ein Fluch,
Der Vergangenes aufstört, und schon brennt die Luft.
Und da bist du,
In den Momenten des Aufruhrs,
Während dein Körper neben dir geht, staunend,
Hunderte Leben seit Juvenalis, macht es dich stumm,

Wenn du siehst, wie ein Messer dic Worte abfängt, zischend
Ein Streichholz die Szene aufreißt, den magischen Kreis
Aus Gewalt und Reflex, – bis mit dem Rücken zur Wand
Einer allein steht, erledigt.
                                        Und wieder fährt Abendwind,
Eine Neuigkeit durch die Linden, steigt und fällt im Geäst.
Autos gleiten vorüber, friedliche schillernde Hechte
Im verregneten Schilf. Den Verkehr regeln Pfiffe,
Ein Zirpen aus Vogelnestern, diskrete Winke.
Nicht der Blütenstaub, fein verteilt, nicht dieser Schmerz
An den Haarwurzeln, mit jedem Frühling erneuert,
Nicht das Erwachen ist grausam. Was aber dann?
Sind es die tückischen Augenblicke, die kleinen Schocks,
Wenn da was Totes im Weg lag, eine Mahlzeit für Fliegen.
Wenn du siehst, wie ein Blinder ins Leere greift, lächelnd
Ein Gesicht sich verschließt. Wenn durch den Tag
Plötzlich ein Riß lief, in dem das Eingeweide sich zeigte.
Ist es der Schläfendruck, wenn das Gewölbe aus Übermut,
Auf dem man so sicher ging, lautlos zusammenstürzt,
Und nichts hält hier inne, nichts unterbricht den Verkehr
Aus Gejammer und Witzen, Zerstreuung und wirrem Gebet,

Der die Tische verrückt, unheimlich, die Gläser im Schrank
Nach Jahren klirren läßt, tief in den Schlafzimmern
Das Drama enttäuschter Nähe eröffnend.
                                        Bis die Kälte hereinweht, der Haß
Durch Gardinen, grau wie das Lungengewebe von Rauchern,
Mit den Stimmen vom Jenseits, aus gurgelndem Abflußrohr,
Aus der Welt der Unfalltoten, der familiären Leichen,
Über den Fahrplänen brütend, vor keiner Ankunft mehr
Als in der jüngsten Frühlingsnacht auf dem schwarzen Rasen.
... wo sich alles zusammenfügt. Aus verschüttetem Kellergang,
Durch die Roste im Straßenpflaster, den Dampf im Luftschacht,
Sind dann Gesänge hörbar, die schönsten Arien
Der lange Vermißten, lange für tot Erklärten
Unter der Erde in ihrem ewigen Rom.
                                                    Dort also gingst du,
Morgens noch schlaflos, wie in Raubtieraugen vertieft,
In das Gerinnsel auf leeren Straßen, wo nach dem Regenguß
Der Asphalt sich streckte. Von seinen Buckeln perlte
Ölig das Wasser, in dem die Zeitungen weichten, die Reste
Von Essen und Einkauf, der Abfall der letzten Stunden,
Der an den Rändern zusammenfloß, zoologische Jauche.

Dort also gingst du, traumlos, mit registrierendem Schritt, –
Einer der Körper, verspannt in Gedanken, beraubt
Der Reflexe, die es braucht, um beiseitezuspringen, dem Ziegel
Vom Dach auszuweichen, dem Auto, der Glastür im Weg.
Einer der Schulden machte und Verse auf eine Banknote schrieb,
Zögernd zur Unzeit, euphorisch, wenn eine Geste gelang.
Einer, dem nur der Paß in der Tasche gehörte und das Notizbuch,
Im Laufen gefüllt, sonst nichts; keine Eidechse, nach Juvenalis,
Ein Glück, das alles bedeutet, wie in der Enge der eigene Platz,
An dem es sich atmen ließ. Einer, der staunend am Rand stand,
Wo die Schatten durchquerter Leben sich sammeln
In den Ruinen aus schnellem Geld.
Sein komfortables Gehirn
War das einzige, das ihm hier half, in der blutdunklen Strömung,
Immer wieder geködert, vom Haken sich loszumachen
Mit zerrissenem Maul. Episoden aus Schmerz, –
War das der Körper, sein Gedächtnis die Melodie von Gewalt,
Die das Gewebe durchzieht, der neuralgische Kehrreim
In den Rückenwirbeln, sein Herzton ein Echolot in die Zeit?
In die du eingehst, restlos, ein bald verschwundener Zeuge.

Einer, der auszog, das Fürchten zu lernen, und dem der Kopf
Dröhnte am Morgen, von Redefetzen und Marktgeschrei,
Schrillen Szenen, wiederkehrend wie Schwalben im Sturzflug
Unter den Himmeln. Wohin verflüchtigt sich, was du bist,
Was du geworden wärst, auf welchen Wegen verlor sich das?
Dein vergessener Schatten, folgt er nicht spöttisch dir nach,
An jeder Ecke ein Andrer, in dem sich dein Silberblick fängt,
Der Gedanke, genauso prächtig zu sein, so versichert, so fest?
Bis zur nächsten Erschöpfung, chronisch beim Anblick der Uhr,
Zu jeder Tageszeit wieder. Das *Zu spät*, das *Zu früh*
Hält den Körper in Spannung, und das Erinnern
Kehrt immer vom falschen Ende zurück.
                                                            Am Morgen danach
Sind die Postämter zu. Vor Nässe klamm werden die Briefe
In den gelben Kästen, die keiner leert, bis es zwölf ist. Das Geld
Ruht in den Banken, alarmbereit, hinter versiegelten Türen,
Ein gefährlicher Stoff wie in den Tropenlabors die Erreger,
Deren Opfer weit weg von hier sterben, in sicherer Ferne.
Wie im Bürgerkrieg sind die Rolläden dicht, hinter Gittern
Die Geschäfte den Schauhäusern gleich, glasiert in der Frühe

Mit Leichenteilen in jeder Tiefkühltruhe, geäderblau
Strahlend aus jedem Eisblock, vor den glänzenden Kacheln
In Dosen das Fleisch toter Tiere. Kein Gesicht einer Frau
Tröstet das Weinen der Dinge, den scharfen Grabsteinglanz
Aus den Regalen. Stillgelegt zwischen Wachen und Schlaf,
Vergißt sich die Stadt in der Stadt. Im Innern der Bars
Trocknen die Spuren der Wutanfälle vom Tag. Die Lokale,
Berühmt für die schmierigsten Böden, sind längst präpariert
Zum Tatort von morgen. Geräumt sind die Bunker
Der großen Kinos, wo die Zombies gefeiert wurden, die Geister
Der Leinwand, Schatten werfend bis weit nach Mitternacht.

Nicht zum letzten Mal ging das Brennende Rom, Neros Bühne
Unter im Schneesturm der Bilder, der aus Atlantis weht –
In denselben Kulissen, in denen Troja verschwand –,
Aus californischen Totenhainen, überschwemmt von Musik.
Und der Sieger hieß Christus, der das Böse gesehn hat im Film.
Blind für den Morgen liegen die Ungeheuer im Schönheitsschlaf.
Der letzte Werwolf ist heimgetrottet, der jüngste Vampir,
Mit Zahnweh zu Kreuz gekrochen, hat sich reuig ins Bett gelegt.

Auf den Wiesen verteilt, in den Bäumen hockend, wie ausgestopft
Warten die Krähen auf ihre Stunde, geduldige Vögel,
Die ihre Zukunft dem Müll verdanken, ihr uniformes Gefieder,
Seit die Würmer zu mager sind.

Die Augen zu Schlitzen verengt,
Siehst du den Frühling im Anmarsch, die Straßen gezeichnet
Von den Reifen der Lieferwagen aus allen Ländern Europas.
Einer der heimwill, bevor es Tag wird, und viel zu lange
Dauert sein Gestern schon, und am Gaumen der Blutgeschmack
Hält ihn zurück auf der Erde, im Laufen, und von Geburt an
War dieses Murmeln beruhigend, wenn von der anderen Seite
Des Schlafes er selbst sich entgegenkam, mit erhobenen Händen,
Nichts mehr zu sagen und zu bestreiten, ein stummer Zeuge
Für die versickernde Lache, am Bordstein den weichen Rest.
Für den wippenden Strauch, die Spur eines Aufflugs.
Für jedes Indiz, das verschwindet wie auf dem Glas
Kondensierter Atem, das Blaulicht im brechenden Auge.
Für den Schleimrand vom Horizont her, den Glanz
Riesiger Fühler aus rohem Fleisch, Dämmerung
Noch auf den letzten Metern. Für alle Morgen,
Über die Dächer kriechend im ersten Licht.

II

»Hast du gedacht, es sei rein
Dieses Leben, auf nüchternen Magen kein Faustschlag,
Und keine Lüge den Lieben, und jeder Mord
Klärt sich auf, irgendwann, und kein Opfer verliert
Seine Sprache? Was hast du gedacht als es losging
Im weißen Krankenzimmer, als später dröhnend
Die Luft dich umfing und das Gras an den Knöcheln.
Und alles war Himmel im dritten Sommer, gesehn
Durch ein Astloch im Zaun, mit Augen, die mitgehn
Mit jedem Schmetterling. Und alles war Hölle,
Wenn man allein stand plötzlich beim Blindekuhspiel,
Den Kopf verdreht hinter der schwarzen Binde,
Schwindelnd ins Leere greifend: was hast du gedacht
Beim ersten Verrat, als der Mund hinter kaltem Rauch
Zurückblieb, und manches Wort war ein Altersfleck,
Lange im voraus. Und niemand erschrak, niemand
Sah, wie der Schnitt durch den Tag ging und jedes Ding
Zum Komplizen machte. Kein Traum war immun
Gegen Zimmer im Zwielicht, Gelächter aus Gräbern

Oder den Lärm einer Uhr. Und im fünfzehnten Winter
War Nacht dieses Laken, überschwemmt von dir selbst,
Den eine Fliege erpreßte, ein zuckender Nerv.
Was hast du gedacht, im Wald verirrt, in der Gewalt
Dieses pilzweichen Bodens, der dich zum Ausruhn rief
Unter Fichten, benommen vom Harzgeruch, und am Puls
Befühlt wenn du krank warst, umsorgt bis zum Morgen.
Und was blieb von dir, blutend, am Rand des Spielfelds,
Hinter den Linien, wo jede Regung dem Ball gehorchte,
Plötzlich unbrauchbar, und das Gerangel der Körper
Ging ohne dich weiter, und nichts war so schmerzhaft
Wie Ignoranz, – beim Anblick der ziehenden Wolken
Die Gewißheit posthumen Glücks.
Was hast du gedacht
Nach dem ersten Toten, dem zweiten, und beim dritten
Fiel das Bedauern in Gleichschritt, der Appetit
Kehrte wieder und alles war unaufhaltsam,
Nahm sich das Auge dem Fall an, folgte das Ohr
Dem Verderben nach Hause, an den gedeckten Tisch.
Arglos vor jedem Hunger, wie war dir zumute
Satt, über den Gräten geköpfter Fische, und wie

Beim Durchwühlen des Abfalls später und vorm Idyll
Eines brennenden Plüschtierhaufens, vor einer Pfütze,
Aus der ein Turnschuh Blut trank, ein Lehrbuch ›Deutsch‹.
Vertraut mit dem Ekel, endlich, und ohne Heimweh
Nach einem andern Verirrtsein, allein
Mit den heimlichen Freuden: warum das Grinsen
Im neunzehnten Frühling, beschlagnahmt zum Nichtstun,
In Waschräumen, Bahnhöfen, dämmernden Ämtern,
Die kein Erinnern voraussah. Und jedes Jahr
Brachte neue Verheißung, am Wegrand Zweige,
Die nach dir schlugen, und hinterm Rücken ging
Das verlassene Leben fort. Von Hornissen gejagt,
Auf der Flucht durch die Jahreszeiten, im Blütenstaub,
Hundert Mal tot im Traum, mit geweiteten Augen
Dir selbst beim Ertrinken begegnend, entsetzt
Vom eigenen Beileid, – was hast du gedacht
Aus dem Schlaf gerissen, umsummt von Erinnerungen,
Nackt im Hotelbett schließlich im dreißigsten Herbst,
Beim scharfen Zwitschern der Amseln um fünf Uhr früh, –

Hast du gedacht, du entgehst dem, Orest?«

III
(Der lange Schlaf)

Wie in den Morgenstunden Wind
Die Straße leerfegt, auf der gestern Menschen gingen,
Die morgen Leichen sind und Geister, ruhlos in der Innenstadt;
Wie jeder Tag von neuem Geiseln nimmt, die nachts betäubt,
Im Bettzeug Falten werfen, an die Decke Schatten,
Auf freiem Fuß solange Schlaf sie aus der Schwerkraft hält;
Und wie das Sterben dennoch weitergeht, sich austobt hinterrücks
An einem Tulpenstrauß, von dem das Zimmer voll war,
Der früh zerwühlt ist, wie nach einem Regenguß entblättert
Die matten Stengel, und das Blumenwasser stinkt,
Ein Liter Wannsee auf dem Tisch.

Wie aus den Wänden Zähne wachsen, sieht man scharf,
Nach einer Nacht mit schwerem Traum, durch die Tapeten,
Die alten Zeitungen, schwarz von der Nachricht
Vom Krieg an allen Fronten, von Mannverlust und Landgewinn
Und vom Verschwinden ganzer Städte in Minuten,
In denen jemand ein paar Schlager sang und ein Klavierkonzert

Das Publikum entrückte, während fern am Konferenztisch
Drei Männer sich die Welt aufteilten, herzlich lachend,
Minuten der Verzückung und der Langeweile.
Von Hiobs Trübsal in den Luftschutzkellern, und wie Kain,
Der harte Kain betrogen wurde um den Lohn der Angst.
Und daß die Würfel lange schon gefallen waren,
Jahrzehnte früher, und Jahrzehnte später
Liest man befriedigt von der Niederlage
Der eignen Mörderbande beim Kaffee.

Wie klar der Tag beginnt, an dem sie alle fort sind,
Die einen und die andern tot. Ein Straßenschild
Hält noch den Namen eines Arztes fest, der viel bewirkt hat,
In einer Zeit der Roßhaarsofas, in den feuchten Kellerlöchern,
Wo eine Frau im Kindbett starb, geschwächt von der Geburt
Des nächsten Hungerleiders. Eine kahlgeschlagene Allee
Heißt nach dem bärtigen Propheten, der sie lange umtrieb
Mit seiner gründlichen Verachtung, mit Römerbrief und Manifest,
Die Tagelöhner und die Theologen und das Heer

Der Traumgenossen, die ein anderer Agent auf seinem Posten,
Der Missionar des Unbewußten hinterm Flüstervorhang,
Von einem in den nächsten Schlaf gehn sah.

Wie scharf das Licht fällt durch die jüngsten Ahornblätter
Auf den geschuppten Stamm, dem man nie ansehn wird
Den Deserteur am Ast, die kalte Schlinge –
Ein Sommerlicht, das immer Heute ist, in jedem Glitzern
Von Rollstuhl oder Kinderwagen; wie es tanzt
Und auf den Tischen spielt mit Glas und Trinkgeld und Besteck,
Nachdem die Witwen aufgestanden sind vom späten Frühstück
Bei einer Zeitung, schwer von soviel annonciertem Tod,
Vor Zeiten abonniert. Wie schnell
Zerreißt ein Herzinfarkt den schönen Vormittag. Wie leicht,
An einem Splitter, der aus einer Mauer ragt, an einem Dorn,
Fängt hier ein neues blutiges Kapitel an.
Und dann?

Dann kommt die Meldung, die den Schnee von gestern wärmt
Und ihn zum Schmelzen bringt, und unterm Rasen
Sieht man die Scherben schimmern, grünes Flaschenglas,
Und Porzellan aus Apotheken, Puppenköpfe und die Knöchel,
Die Knochen einer Zeit, als die Familien sich in Lager teilten
Und überm Spülstein hing der Bibelspruch
Und der Parteiversammlung folgte bald das Töten
Und Zehn Gebote waren neun zuviel. Und dann?
Dann wurde Blei gegossen in den Kriegssilvestern, und ein Haus
War etwas, das man treffen mußte, und sein Einsturz
Sah aus wie gottgegeben, und der Schütze,
Ein stiller Giselher am Zielfernrohr, ein Grenadier im Rausch,
War ein Maskottchen unter Schutt und Panzerschrott.
Die Städte warn den Himmeln ausgeliefert. Letzte Mauern,
Die von der Gründung noch geblieben waren, fielen.
Auf offner Bühne spielte, in entblößten Zimmern
Der Schlußakt (»Tod der heiligen Familie«) und die Straße
Nahm kaum Notiz, wenn überm Bürgersteig das Sofa hing.
Mit jedem Friedhof ging Erinnerung bankrott,

Im grauen Luftbild das Milieu. Und Auferstehung
War eine Wochenschau, die rückwärts lief. Und dann?

Im Lehm der Bagger stieß auf etwas Bleiches
Das knirschte und gab nach. War das der Schädel
Des jüngsten Träumers eines neuen Reiches?
Schwarzbraun ist die Haselnuß … Mein Mädel

Sah meinen Tod nicht in den Splitterminen.
Der Stahlhelm schützte nicht das Warme, Weiche.
Es war so schwer zu sterben zwischen den Maschinen.
Mir war so schlecht als junge Landserleiche.

Wie in den Telephonen, fern verzerrt,
Die alten Schlager singen, irgendwas von Licht und Motten.
Und Frauenstimmen, rauh vom Rauch, verklären einen Raum,
Zu dem, was nachlebt, keinen Zugang hat. Ein Streichkonzert
Spielt auf der Stelle, wo im Untergrund verrottet,
Was einst zur Stadt hinauszog in den Tod. Mit Schaum

Vorm Mund war hier ein Gnom die Attraktion gewesen.
Und seine Nummer war der Haßtanz zwischen Eintopf-Tellern.
Vom Bierzelt führte ihn sein Weg in Sportpalast und Oper,
Bevor sein Publikum verstummte in Ruinenkellern.
Und übers Radio kam der Spruch *Das war Europa* ...
(Das war Europa, – und der Stier ein Hexenbesen.)
Jetzt stehn die Schrecken hinter Glas, und die Vitrinen
Schützen den Lampenschirm aus Menschenhaut, den Goldpokal
Voll Knochenmehl, die kannibalischen Preziosen
Des Terrors, der im Sturz sich in die Erde grub mit Krallen.

Wie diese Erde stinkt, zerwühlt, aus Kabelschächten.
Und Blasen steigen aus dem Schlamm des einzigen Kanals
Der nach dem Mord die Leichen forttrug zwischen Schrebergärten.
Die letzten Zeugen löffeln hinter den Gardinen
Verschonter Häuser ihre Mahlzeit aus Konservendosen.
Und man sah Mauern wachsen, untertunnelt, Mauern fallen,
Die Stadt, den Riesenspielplatz, unter den Vier Mächten
Zerstückelt und auf hellem Sand verhärten
Zu transsibirischem Beton.
Berlin, das letzte,

Sah man verschwinden, wiederkehren und erneut verschwinden
Mit jeder Sprengung, wenn vorm Grau die Staubwand fiel.
Wenn unter halben Himmeln, auf den Kellern, nie geräumt,
Die neuen Häuser ihre Reihen schlossen, die zerfetzten
Platanen wieder Blätter trieben und die Busse unter Linden
Für *Sozialismus* warben und *Persil*.

Wie jeder Hausflur seine Toten träumt,
Seitdem *ein* Tag soviel enthält wie dieses schäbige Jahrhundert.
Und jeder Name löscht zehn andre aus am Klingelbrett,
Die nicht mehr für sich selber zeugen. Auserwählt
In einem schwachen Augenblick als manche noch verwundert
In das zivile Rauschen lauschten, blieb kein Amulett,
Kein Knöchelchen von ihnen übrig. Was der Rauch erzählt
Leugnen die bröckelnden Balkone bis zum letzten Einschußloch,
Und die noch jede Hand vergaßen, die polierten Klinken.
Steif zwischen Friedhofsgras, kein Finger droht,
Wie es das Märchen will, zuletzt aus einem Grab. Und doch:
Wie wehrlos eine Stadt liegt, wenn beim Anflug sinkend
Das Flugzeug einen Schatten wirft im Abendrot

Auf graue Wohngebiete, Parks flankiert von Lagerhallen,
In denen Güter warten auf den Abtransport,
Die morgen Schrott sind oder Grund zum Töten.
In tausend Hinterzimmern trösten Leute, die mit Lottozahlen
Ihr täglich Glück verfehlen sich beim Sport,
Mit Augen, die vom Fernsehn glasig sind, gerötet
Von langem Ehekrach.
Und wie Vergessen
Die Stunden antreibt, bis vor kalten Essensresten
Die Anekdote einschläft und der Kriegsroman. Wie Nacht
Die Festung Stadt nimmt und in Restaurants den Gästen
Das Stochern in den Aschenbechern lästig wird, das Gähnen,
Wenn jeder Witz erzählt ist. Wie der letzte lacht,
Allein beim Anblick des geparkten Blechs,
Das seinen Heimweg säumt. Wie im Gesang der Satten
Die Speicheldrüse mitsingt und die Furcht, den Zähnen
Geht es zuletzt wie den Fassaden hier. Geschwächt
Sehn sie den Fahrdamm, der wie Lackmus Flecken treibt
Von Öl und Tierblut und Benzin. Wie als vielfacher Schatten

Ein Denkmal nebenherläuft, hoch zu Roß
Irgendein König, gichtgeplagt und überlebensgroß
In schwerer Hand den Hammer, der Prolet
Die Stirn gesenkt wie vor dem Fall.
Dann kommt ein Schlagloch, das Spiralen in den Himmel dreht.
Wie viele Leben faßt ein Wiegenlied … der Singsang
Für einen namenlosen Nihilisten … Wieviel Schweigen geht
Verschüttet in den Ballungsräumen … Wie von überall
Gelall, Gelall … Berlin … durch Haut und Wände drang
In ihren Schlaf, in deinen Schlaf, in meinen Schlaf.

A la fin tu es las de ce monde ancien
Apollinaire

IV

»(..............)«

Wir gingen lange schweigend durch den Morgen, er und ich,
Zwei Duellanten, die auf einen Blick die Straße messen,
Den Abstand zwischen jedem Baum und jedem Haus.
Und hinter dem Gespräch verschwand, was Stadt war,
Solange man hier Nahrung suchte, Nachtgesellschaft, Schlaf,
Entlang der Alptraumwege zu den Clubs und Bars.
Und hinter jedem Satz tat sich ein Gang auf, labyrinthisch,
Durch den die Jahre zogen – seine, meine.
Hast du verstanden, was es heißt *Hier kannst du sterben*?
Hast du verstanden, was es heißt *Da ist kein Zufall*?

Vom Bahnhof Zoo drang das Geschrei der Kattas
Gedämpft herüber. Weißt du, daß die Römer
Darin den Singsang der Lemuren hörten, fragte er

Mit einem Blick, der mir verriet, er träumte,
Wenn nicht von Hamlet und Orest, den Filmstars,
Vielleicht von Madagaskar. »Seltsam, daß der Urwald
Geräusche schluckt, die jede Großstadt ausstreut mit Sirenen.«

… *Die Toten kreischten in den Straßen Roms* …
War eine Zeile, über die wir lachten (wenn auch leise).
Denn diese Stadt war unser Kopf, und durch den Kopf ging,
Was in ihr lärmte als Idee. »Hast du gesehn,
Wie schnell ein Haus hier abgerissen wird? Das neue
Ruft schon das Räumkommando, das den Plan nicht braucht,
Nach dem es angelegt war.« *Destruktion*
Verkündet eine Neonschrift den Glasfassaden,
Bevor Graffiti diesen Wunsch in grelle Farben fassen.
Baugruben sind hier Sammelplätze für Gespenster,
Die aus dem Sickerwasser trinken. Ihre Spur
Ist der Geruch verscharrten Lebens, das Miasma,
Von dem der Brustschmerz kommt und der Verdacht:
Der Mensch ist nichts zuletzt als eine trübe Pfütze,
Die vom Asphalt dampft, wenn sein Fleisch Geschichte ist.

Was ist ein Flecken Schleimhaut gegen die Betonwand,
Mit der ein Architekt sich für die Kindheitskälte rächte.
Was ist ein Nackenwirbel gegen einen Eisenträger,
Der noch zerborsten aus den Fundamenten ragt.
Was ist ein ausgeschlagner Zahn, der in der Schachtel rasselt,
Gegen das Rumpeln der Zementmischtrommel nebenan.
Wir gingen, und er machte mich nervös mit seinen Fragen.
Vor uns der Bahnhof mit dem Glasdach pries die Flucht an
Im nächsten Schnellzug. Doch egal aus welchem Süden,
War jede Ankunft auf demselben Gleis ein Hohn
Nach dem untröstlichen Gestank von Ammoniak im Tunnel.
Hast du gesagt *Ich träume schlecht*? Erzähl, wovon?

»Lang her, als Schuljungs preßten wir beim Zoorundgang,
Im Affenhaus, die Pickelstirnen an den Käfig.
Und wenn der alte Orang-Utan kam, dann feixten wir.
Und dem Schimpansenweibchen schnitten wir Grimassen.
Wir zeigten grinsend auf die feuerrote Vulva,
Die sie im nassen Stroh mit ihren Schaufelhänden kratzte.
Von diesen Händen hab ich oft geträumt, von diesen Schwielen.
Und immer war das Glas am Käfig dreckverschmiert –

Von außen. Ahnst du, was das heißt: von außen?
Dort wo Erwachsne gafften über Kinderschultern, die Voyeure.
Und wo die Kinder spuckten und wie kleine Teufel schrien,
Enthemmt sie alle und begeistert.«
Heißt *von außen*,
Daß du dich selbst gesehn hast dort und warst bestürzt,
Wie nah verwandt wir unsern Vettern sind? Daß seit dem Auszug,
Der Flucht, jahrtausendlang, aus Afrika, die Nähe blieb?
Als wär das alles einen Schultag her, den man geschwänzt hat,
Verspielt mit Bäumeklettern, Rauferei und pubertären Sprüchen.
Und daß man draußen zwar und dennoch drinnen hockt,
Dort wo die Sippe ihren Sud kocht und sich ankeift
In komfortablen Höhlen, – hast du *das* gedacht?
»Ich weiß nicht, was es war. Im Traum stand ich noch immer
Vorm Käfig angewurzelt, als die Klasse längst beim Nilpferd war.
Ein Suchtrupp wurde losgeschickt, und die mich fanden,
Erzählten was von Tränen im Gesicht, von nassen Käfigscheiben.
Es war die *eine* Szene, die mir wie ein Schimpfwort anhing.
Und wer mich ärgern wollte, rief mich laut beim Namen,
Stand auf, und machte *Huuh … huuh … huuh …* den Affen.«

Wir mieden höflich jeden Blick, als er den Laut herausließ.
Und ich, sein Nächster, hörte mich im Stillen fragen –
Wie kommt es, daß uns sowas immer einholt,
Wenn wir ihn müde sind im Schlaf, den nächsten Morgen,
Der uns entfernt von etwas, das wir nie verwunden haben.
Nachts dreht es ziellos seine Runden durch den Schädel.
Tags arrangiert es Szenen Grimmscher Märchen, nur für uns
Bestimmt und doch kaum faßbar, das Unheimliche.
Da ist ein Treppenschacht, in dem verschwinden Tausende,
Mit einem Schatten im Gesicht, der ihren Rückzug deckt.
Da ist ein Kundenparkplatz, und der Druck im Magen
Kommt aus den offnen Kofferräumen, filzverkleidet.
Da ist die neue Straßenkreuzung, übers Jahr ein Unfallort,
Der in die Akten eingeht unterm Namen eines Philosophen.
Da ist der Fetzen Blattsalat am Schuh, der welke Rest
Von einem fürstlichen Menü, bei dem die Köche schliefen.
Und alles deutet aufeinander, nimmt mit jedem Fingerzeig
Dich, der zum Fürchten auszog, fest in eine Mitte,
Die nicht mehr deine ist.
Es war verhext. Er sprach

Wie einer, der mich kannte, lang schon, und werweißwoher –
Ich kannte *ihn*. Er war der helle von uns beiden.
Denn ich verstand ihn, und das machte mich obskur,
Verdächtig nicht für ihn, den keine Zeit trieb, doch für mich.
Ich sah Gespenster, wo der andre Babies sah in Windeln,
Die hoch reklamelächelnd an den Mauern klebten,
Die letzte Lage, klatschnaß, einer Fettschicht aus Plakaten.
War da ein Fußweg, sah ich Kreidestriche für die Körper,
Die bald dort liegen sollten, eingezeichnet, den Seziertisch.
Er sah die Zebrastreifen und sprach fröhlich von Safari,
Und von dem Heimweh, das wir alle teilen, – nach Savanne.
Wenn ich es eilig hatte, fiel er bald zurück. Mein Schweigen
War ihm zu düster. Er verkaufte mir, was er für Einsicht hielt:
Daß wir nur kennen, was ein Ich uns öffnet, diese Lichtung,
Auf der sich alles abspielt und Bedeutung wird, Girlande.
Daß die Minuten leicht zu knacken sind wie Erdnußschalen,
Und dieses Knacken macht uns weis, daß nichts geschehn ist.
Daß sich in Augenwinkeln sammelt, was den Blick trübt.
»Besser, du hältst mit dem Vergessen Schritt und atmest,
Wie es Gepard und Antilope tun, tief in die Flanken.«

Hab Dank. Wir waren fast zu Hause. *Hast du Dank gesagt*?
So ging es, wenn man schwankend nachts allein ging
Wie in Paris der zweimal Trepanierte mit dem Turban, blutend
Aus einer Wunde, die kein Arzt je fand, der Widergänger,
Dem im Hotel die Zimmer nachts zu Witwen wurden.
Soweit sie menschenleer war, kam an jeder Straßenecke,
Hier wo kein Schatten mehr Asyl fand, seiner mir entgegen.
In den Passagen machte, unter S-Bahn-Bögen, unser Schritt
Im Nachhall ein Geräusch, das uns vergessen ließ,
Daß wir die letzten auf den Beinen waren weit und breit.
So gingen wir vorbei an Grill, Bestattungsfirma, *Reisecenter*,
Und an Vitrinen, wo zu Stapeln aufgebahrt, in bunter Eintracht
Die Prosa der Saison auf Kundschaft wartete. »So viele Bücher,
Die keinen brauchen, der sie liest, weil sie an nichts erinnern.
So viele Seiten ohne Eigenschaften ...«, raunte er
Mir hinterm Rücken mit der Stimme, die wie meine klang.
Ich kannte sie aus Büschen, Bahnhofshallen und Baracken,
Nachts auf dem Land, wo ich zum ersten Mal die Augen schloß,
Zitternd vor Ohnmacht, von Geschichte eingeholt.
Ich wußte, der hier sprach, war lange vor mir da, und nach mir

Wird er noch immer da sein. Mit derselben Frage, –
Hast du verstanden, was es hieß *Du hattest alle Zeit der Welt*?

War *er* der zweimal Trepanierte mit dem Turban in Paris?
Der zarte Vogelfreund, der auf dem Markt den letzten Rubel
Für einen Stieglitz ausgab, um ihn freizukaufen, der Verwirrte?
War er der Hungerleider aus Peru, der auf der Parkbank schlief?
War er von denen einer, die sich früh vom Rest entfernten,
Ihr Austritt aus der Schlägerreihe ein Versuch in Demut?
War er der Ewigmorgige, auf den ich gestern stieß,
Und morgen wieder und am Tag danach, in jedem Heute,
An dem sich schließlich unsre Geister schieden aus Erfahrung.
Denn aus Erfahrung wußte ich, daß unser Weg im Abseits endet.
Daß man nur innehält um sich vorbeizulassen, ohne Wiederkehr.
Und doch, und als ich aufsah, schwamm für einen Augenblick
Die Stadt mit allen Dächern glitzernd auf dem Meeresspiegel,
Der für uns Schläfer hier die Null markiert. Weit draußen
War ein Tumult, und etwas prallte an den Horizont von unten.
Dann schien der Morgenhimmel pompejanisch rot.

Mantegna vielleicht

Einmal im Halbschlaf … zwischen Nehmen und Geben
Habe ich meine Hände gesehn, ihre gelbrote Haut
Wie die eines Andern, einer Leiche im Schauhaus.
Beim Essen hielten sie Messer und Gabel, das Werkzeug
Des Kannibalen, mit dem die Jagd sich vergessen ließ
Und das Getöse beim Schlachten.
                                        Leer wie der Teller
Lag eine Handfläche vor mir, der fleischige Ballen
Des letzten Affen, dem alles erreichbar geworden war
In einer Welt von Primaten. Mantegna vielleicht
Hätte sie unverklärt malen können in ihrer Grausamkeit,
Diese fettigen Schwielen.
                                Was war die Zukunft,
Die aus den Handlinien folgte, Glück oder Unglück,
Gegen den Terror der Poren, in denen der Schweiß stand
Wie die Legende vom stillen Begreifen auf einer Stirn.

Grauer Sebastian

Fünfzehn Pfeile trägt er im Leib bei Mantegna,
Zwei in den Lenden, zwei um den Nabel, einen im Bauch,
Sieben in Schienbein und Schenkel und Knie.
»Nichts außer Gott ist von Dauer: der Rest ist Rauch.«
Sagt ein Spruchband rechts unten, geschlungen
Um eine Kerze, die eben verlischt. Fünfzehn Pfeile, –
Zwischen den Rippen steckt einer, über der Brust, unterm Hals,
Keiner im Herzen. Doch welcher war tödlich?
Nichts verrät der geöffnete Mund, die Zunge, schon trocken,
Entfärbt die Gesichtshaut, der Blick des Gefolterten, – Gott,
Warum so viele der Schmerzen auf einmal?
Seine Peiniger haben sich schlafen gelegt. Er allein
Steigt aus den Himmeln, die bald schon herrenlos sind.

So hat ihn der Meister gesehn, selbst friedlos im Alter,
Wie nach durchwachter Nacht. So gehört er den Schatten,
Frierend auf schwarzem Grund und im kalten Licht.
Den Körper zum Vorwurf gekrümmt, im Rücken
Gefesselt die Hände, Märtyrer –
Betet er etwa nicht?

Venedig
Cà D'Oro

Ostrakon Dresden 1284

Wach liege ich, wach, und die Nacht
Verdunkelt, was hell war an mir
Bis zuletzt, diese Haut.

Durch die blauen Matratzen, den Rost,
Sickert Wasser in salzigen Tropfen,
Oder ist es das Fleisch?

Die Stunden umrundend, von Ohr zu Ohr
Wandert der Atem, der ferne Puls
Ausgesetzt hinter der Wand.

Einen sterblichen Körper, von Schwerkraft
Gebannt, näht ein erloschener Stern mich
Mit seinem Restlicht aufs Bett.

Dort draußen ist alles mir zu gewaltig.
Vom Facettenauge der kleinsten Fliege
Geht noch Vernichtung aus.

Erklärte Nacht

Was ist das, Frühling?

Für Joachim Sartorius

Sonnenlicht stichelt durch die blinzelnd geschlossenen Lider
Im Rhythmus gestreifter Gitter, aus dem Wabenbau dieser Straßen
Der auf Sand konstruierten Stadt.
»Geh! Auch ich komm bald wieder«,
Lenkt, im Nacken Frösteln, der März jeden Schritt Richtung Rasen,
Wo der Krokus Respekt verlangt, aufrecht, in kleinen Konvents.

Was ist das, Frühling? Die Frage verschluckt, kaum gestellt,
Jeder weitere Tag, bis sie albern klingt wie das Dichterwort *Lenz*.
Kommt aus dem Bankautomaten nicht jedesmal frisches Geld?
Bald wird er staubig sein, dieser Parkweg, der heute rabenschwarz

Glänzt vom kalten Sprühregen nachts, von zerquetschtem Chitin.
Durch die Speichen blitzblanker Fahrräder tropft goldenes Harz,
Das die Kampfhunde, losgelassen, die Kinder, zu dünnen Fäden ziehn.

Wer kann, macht draus Notenlinien. Die Verteilung der Tropfen
Auf dem verchromten Eibenzweig soll der frühe Strawinsky vertonen.
Ein Opfer? Sicher, auch das wird sich finden …
                                        Am eigenen Schopf
Aus dem Wintermatsch zieht man sich und begegnet den Anemonen.
Zustimmen muß man dem einen, der alles im ersten Anlauf platzierte,
Das *Genie*, wie sie's nannten, als man mit Kratzfuß beiseite
Trat vor Entzücken, und für das höchste C kleine Waisen kastrierte.

Frühling heißt, leicht gehässig betrachten, was sich eben entscheidet,
Zu leben und leben zu lassen, sich einzumischen ins Große Ganze.
Heißt zusehn, wie Erregung keimt an den giftigsten Stellen,
Den billigen Angeboten zu folgen, den falschen Allianzen.
Er, der in allem die Klaue zeigt, wird auch diesmal nicht fehlen,
Wenn es gilt, in die Nester zu greifen, wahllos. Mit erstem Flaum
Etwas Öl aufzuwischen, und hier eine Handtasche aufzuschlitzen,

Dort eine Kehle, ein Kleid. Hält nicht jeder den Daumen
Gesenkt beim Spazierengehn? Vorm Café, wer bleibt sitzen
In den häßlichen Plastikstühlen, wer döst da, den Rücken durchnäßt?
Ein Klecks Grün, das genügt, und man zeichnet Semiramis' Gärten
In die Luft dieser Hinterhöfe und nimmt den Lift durchs Geäst,
Wo die Cocktails geschüttelt werden, die Kerngehäuse verhärten.

Amor mundi! Das läßt sich nicht auf die Grausamkeiten verkürzen,
Die April daraus macht. Nicht mal heut sind die Herzen so klein.
Denk also dran, wenn Skandal und Affäre sich überstürzen
Mit jedem Wetterwechsel, es könnte dein letzter sein.

1999

Berlin posthum

»Du kannst ja nach Berlin fahren. Da bist du schon einmal gewesen.«
Kierkegaard, *Die Wiederholung*

Dezembermorgen. Im Taxi, an Friedhofsmauern vorüberfahrend,
Überrascht dich dein Neid. – »*Die* haben's geschafft.«
In den Augen, vom Licht aufgestemmt, reibt es wie nasser Sand.
Der Fahrer nestelt am Rosenkranz. Du siehst nur die Bahren
In den Schaufenstern, Trödel, hinter gelben Gardinen, gerafft.
Dann beginnst du zu zählen. Die Finger an jeder Hand
Reichen nicht aus – so viele Bestattungsfirmen gibt es entlang
Der Strecke von der Haustür zum Bahnhof. Schamlos ihr Werben,
Schwarz auf weiß, um die Toten von morgen, in harten Sätzen.
Alles ist rechtwinklig hier. Kreuze und Gitter brechen den Drang,
Als Samurai, ein Schwert in der Magengrube, zu sterben.
Die Bäcker haben den Brotteig verrührt. Die Metzger wetzen
Die Klingen vor Arbeitsbeginn. Obst glänzt in Stiegen, sortiert.
Das Taxameter, in Zwanzigerschritten, springt mit dem Geld um,

Das sich unendlich langsam verdient, mit elegischen Zeilen.
Fröstelnd das Hirn, exklusiv vom Zynismus der Zeit penetriert,
Reagiert mit Schläfrigkeit. Der Fahrgast erwidert stumm
Im Rückspiegel den Blick des Chauffeurs. Er muß sich beeilen,
Wenn er den Zug nicht verpassen will. Im Autoradio raunt
Eine sachliche Stimme die Weltnachrichten um sechs Uhr drei.
Irgendwo steigt jetzt ein Börsencoup, irgendwo platzt ein Scheck.
»Schon mal vorausgedacht?« pöbelt in Fettschrift ein *Sarg Discount.*
Am Straßenrand blitzt ein Leben auf, einzeln und – schon vorbei.
»Lange trauern hat keinen Zweck. Wir schaffen die Leiche weg.«

Schwarzer Mittwoch

Als du so traurig warst, sah ich zum erstenmal
Die leere Schulbank, das zerhackte Kinderbett im Rücken.
In deinen Augen schwimmend, sah ich erst, wie kahl
Uns jede Gegenwart umgab. Das Brüchige, die Lücken
Von Tag zu Tag, sie füllten sich und wurden kalte Grachten.
Weit weg wie Island lag, bereift, die frühe Wiese,
Durch die man barfuß ging und wußte nichts vom Schlachten.
Undenkbar, daß man Kuh und Schaf dem Fließband überließe,
Daß man sich schämen würde für den handgestrickten Schal.
Frivole Freuden kamen, doch es ging vielleicht die größte.
Das alte Lied – Schuhsohlen werden in der Sonne hart.
Man läuft herum, verliert sich, spürt den Mangel überall.
An diesem schwarzen Mittwoch, heimwärts auf der Fahrt,
Als du todtraurig warst, ich konnte dich nicht trösten.

September-Elegien

Für Jane Kramer

1

Dann flaut die Erregung ab. Vom Anblick der Supernova
Erholen die meisten sich bei Arbeit, Glücksspiel und Sex.
Von allen Mementos bleibt als letztes das leise »It's over«.
Man betet im Stillen, faltet die Zeitungen, trinkt sein Becks.
Heimgekehrt in die Liliput-Enge des Alltags, gedenkt
Wer davonkam des Nachbarn, den ein Hammerschlag traf.
Schicksal, von *Schläfern* gemacht, erscheint nun als ferngelenkt.
Daß Flugzeuge Bomben sind, stört kaum den technischen Schlaf.
Verschämt sieht man manchmal zum Himmel auf. Was dort fliegt,
Könnte ein Erzengel sein, unterwegs zum gewohnten Fanal.
In den Straßen der Garküchendunst riecht nach frischem Krieg.
Mit dem Drama der Schaben verglichen, ist das Leben banal.
Keiner ist Stoiker hier. Palavernd vor Schwellen und Türen,
Von Terminen und Schulden gejagt, durcheilt man die Stadt.
Wer hat schon Zeit gehabt, etwas wie Seelenruhe zu destillieren
Aus der Gewißheit des Todes, und daß alles ein Ende hat?

Auch Wolkenkratzer – ihr Bau dauert Jahre, Sekunden ihr Fall.
Anderntags grinst das Kind schon mit ausgeschlagenem Zahn.
Der Globus dreht seine Runden wie eh und je. Aus dem All
Gleicht der Fleck in Manhattan einem erloschnen Vulkan.

2

Herbst, der Regenmacher ist da. Vorm Fenster die Fernzüge fegen
Mit dem Fahrtwind die Tropfen vom Geländer entlang der Gleise.
Avanti, dem Neujahr entgegen. Vielleicht bringt Winter den Segen.
Früh im Spiegel, wer da? Nach dem Putzen Zähne zusammenbeißen!
September, der Herbe, greift unters T-Shirt, zerrt an den Haaren.
Härter das Licht, es bewirkt, daß die Blicke, vom Sommer erweicht,
Überall sich an Schnittkanten brechen. »Herr Ober, zwei Klare.«
Im Stadtpark wie im Gebirge ist die Baumgrenze schnell erreicht.
Aufwind, Abwind – die City entzieht sich von nun an den Ihren.
Mit grauen Fahnen drapiert, unterwandert von U-Bahn-Schächten,
Lädt sie zum Rückzug, bis sich am Abend die Schritte verlieren.
Trübe Aussicht, vom Dunkel verschluckt zu werden, geächtet
Von einer Witterung, die zum Hausarrest zwingt, von kaltem Beton,
Kaum unterscheidbar von Taubengefieder. Steif bricht man auf,

Steigt in den Tag ein, beherzt, und verschwindet als Ton im Ton.
Terminus, horch, der Gott mit der Tarnkappe, hüstelt und schnauft,
Dicht auf den Fersen. Versprüht seine Keime für alle und keinen.
Grippe und Terror, ist die Parole, an der man den Nächsten erkennt.
Mancher drischt – Feind, komm heraus – auf sein Kopfkissen ein.
Unter all den Erregern, Sarkasmen, hey, fühlst du dich pudelwohl.
Rattenscharf in der Kälte, staunend, wie Zeit alles niederwalzt.
Recht so. Ist Liebe denn nicht dies berauschende Aerosol,
Das den Taumel zur Tanzstunde macht, im Kalender ein Halt?

3

Weniges dauert an. Zur Schnulze wird das Verlustgefühl,
Von dem man noch eben sicher war, das geht niemals vorbei.
Das Lamento der tief Betroffnen, ihr Kniefall im Beichtgestühl,
Wird albern beim Anblick der brandneuen Uniformen der Polizei.
Unter der Dusche am andern Morgen, was bleibt von den Tränen?
Der Kühlschrank sagt dir: Nichts wird so heiß gegessen wies ist.
Die verschobene Reise ändert wenig an den heimlichen Plänen.
Auch die Wolke mit Trauerrand hat sich mittags verpißt.

Wie viele in Hinterzimmern, haust jeder in Hintergedanken,
Mit dem Kontostand hadernd, dem Wetterwechsel, dem Schnupfen.
Wie gut, daß es Mythen gibt, Lexikonworte wie Moira, Ananke.
Sprache hilft uns, die verborgene Wunde sanft zu betupfen.
Wortreich schließt sich der Kreis: alles Unglück bleibt *en famille*.
Das quengelnde Kind vor dem Spielautomaten nagelt dich fest
An dein Alter, die Sorge des Vaters vor soviel lauernder Infamie.
Ein Blick untern Schreibtisch, in den Papierkorb, gibt dir den Rest.
Müllschlucker Herz: all die Rechnungen, die zerrissenen Briefe,
Lassen die Falltür erahnen darunter, im Keller die Jahre.
Was hilft es zu träumen, daß jemand beim Namen dich riefe?
Am Telephon die vertraute Stimme grenzt schon ans Wunderbare.

September 2001

Scherenschnitt

Immer derselbe, in allen vier Jahreszeiten, unter den Füßen
Abwechselnd Steine, Schneematsch, Pollen, Papier und Laub,
Geht er vorüber, ein Stummfilmheld, ohne zu grüßen,
Wenn ihm die Anmut begegnet, der Liebreiz. Er stellt sich taub
Gegen das raschelnde Grün, das Tschilpen aus Nestern, die Rufe
Von Spielplatz zu Altenheim, unterm Brustbein das Pochen.
Demnächst ist wieder Geburtstag.
Frech nimmt er die Stufen
Im Treppenhaus doppelt, reibt am Geländer die jungen Knochen.
Im Eilschritt hakt er die Straßen ab wie der Leser die Zeilen,
Unterscheidet, was richtig und falsch ist mit flüchtigem Blick.
Die reine Verschwendung: den Tag mit den Fliegen zu teilen.
Mit jeder Berührung wächst seine Neugier – auf Metaphysik.
Sollen sie bleiben, die säumigen Engel, sollen sie kommen.
Hinterm Schrank, übers Jahr, werden aus Trauben Rosinen.
Ein Polaroid zeigt ihn, unscharf – im Frühherbst, im Sommer? –
Verträumt, überm Arm den Pullover, ein totes Kaninchen.

Nostalgischer Krebs

Für Ingo Schulze

Die meisten waren in die Angst verliebt. Wer lief nicht früh
Zu Drehbank, Schule, Wehrdienst unter Kälteschauern,
Wenn sie die Menschen über weite Plätze antrieb »Hüh!«
Vorbei an Krähenschwärmen im Geäst, auf Kränen lauernd.

Angst war der Kiosk mit den Sport-und-Technik-Magazinen,
Die Welle im Verkehrsstrom, auf der Kinderwagen trieben.
Am Bahndepot war sie das trockne Flußbett, Schrott und Schienen,
Der Bus am Feierabend, Hände, die beschlagne Scheiben rieben.

Sie war der Chlorgeruch im Hallenbad, das schrille Lärmen
Paddelnder Kinder, die ein Greis vom Rand mit Stangen stieß.
Beim Fleischer, glänzend, die Unendlich-Acht gefüllter Därme,
Das Loch, in dem man Mutters Pausenbrot verschwinden ließ.

Angst war das Unbekannte dort am Mahnmal des Soldaten,
Das wuchs, kaum drehte man sich um. Sie war der Halleffekt
Der Straßen, stadionbreit, wenn beim Vorbeimarsch die Kastraten
Die *Kleine weiße Friedenstaube* würgten. Gut versteckt,

War sie das kostbarste Gefühl von allen. Schwer im Magen,
Der Filzstumpf, den geschluckt zu haben, man sich nie verzieh.
Angst war die Vier, die Drei, die Zwei im Fach Betragen.
Alles vorauszusehn: die Flucht, erpreßt, die Nostalgie.

Julia Livilla

Mein lieber, einzig treuer Freund, es ist soweit. Ich bin,
Wie Du vor Jahren schon befürchtet hast, verbannt.
Mein neuer Wohnsitz heißt nun Korsika. Das graue Kinn
Rom zugewandt, steh ich am schroffen Felsenrand.
Verzeih den Stolz, doch ein Exil auf kargen Inseln
Ist, wie Du weißt, das Schicksal aller Querulanten –
Des Philosophen Ziel. Denn wenn ein Blutgerinnsel
Dir deine Sterblichkeit beweist, hast du verstanden:
Fortuna läßt nur, was du selbst gewollt, geschehn.
Kein Grund zur Klage, schaut man von der üblen Seite
Aufs Leben, als es sorglos war, kaum abzusehn.
So spielt im Atrium, beschützt, das unbewußte Kind.
Auch wenn das einzig Feuchte (nimm das Meer beiseite)
Hier weit und breit, das Peinlichste, die Tränen sind –
Du hattest recht mit deiner Warnung. Eine Frau,
So schön, so ungewöhnlich, muß Verderben bringen.
Doch wenn die Grazie deinen Weg kreuzt, himmelblau
Dich Klugheit streift mit manikürten Schwingen,

Bist du bereit zu manchem Risiko. Denn so ist Liebe –
Sie übersteigt, was immer du an Argumenten hast.
Nicht daß ich einsam wär, allein mit meinen Diatriben.
Mir scheint nur, Freund, wir hätten zuviel Zeit verpaßt,
Indem wir das Intime mieden. Weiß ich, was du weißt?
Und weißt du, was ich wirklich denke, wenn der Husten
Spätnachts zurückkehrt und mein Schmerz mich beißt?
Nennst du das Ehebruch: wir beide taten, was wir mußten.

Exedra an der Gräberstraße

Tagelang saß er dort, zwischen den Knien die Hände,
Starrte ins Leere, angewidert von der Stadt in der Ferne.
Murmelte, keine Dreißig, wie ein Greis vor sich hin.
Es war, als sei er weit weg von hier, im Bewußtsein
Entrückt in die goldenen Zeiten der frühen Jugend.
Dann erschrak er, hastig die schmutzige Toga raffend,

Wenn da Sandalen aufs Pflaster klatschten und ihn
Zurück in die Gegenwart riefen, sein ödes Leben.
Ein scheuer Seitenblick, und selbst Kinder erkannten:
Dort auf den Steinen der Mann, er gehört nicht hierher.
Ja doch, er hatte sie aufgegeben, die ihn verlassen hatten,
Die schönen Vasen, die Freunde, zuletzt die Ideen.
Wie sollte es weitergehn jetzt, da er mittellos war?
Sollte er betteln gehn, eingereiht in die Schar der Klienten,
Die von Haustür zu Haustür zogen, die räudigen Hunde?
Lieber das Ende erwarten in Würde. Es saß sich gut hier,
Im Rücken die Gräber, den dunklen Zypressenhain.
Auch wenn ihm nurmehr der Rinnstein gehörte, der Platz
In der marmornen Nische reserviert war den Alten.
Hier wollte er sitzen und dösen bis ihn ein Regenguß,
Bis ihn am Abend die herbstliche Kühle vertrieb.

Vertigo

Alles dreht dich im Kreis: die Erde, dein Leben, der rote Wein.
Und doch, wer sieht schon das Karussell im Zifferblatt einer Uhr?
Lieber vergißt man, umschlingt einen Frauenkörper, schläft ein,
Selig, ein Fötus, als hinge man immer noch an der Nabelschnur.
Vergräbt sich in Bauch und Schenkeln bis über beide Ohren.
Was hilft es, das Auge am Schlitz eines Türspions zu verdrehn?
Man steht immer vor Kreuzen und Gittern, einer Welt aus Sektoren.
Wozu sind Schienen da, wenn nicht, irgendwo auseinanderzugehn?
Jede Landschaft mit Hügeln lockt wie Jahre, die ungelebt blieben.
Stundenlang sitzt man vor Tellern, schält Äpfel, richtet den Blick
Auf den Mund gegenüber, sieht Worte und Münzen zerrieben.
Man starrt Löcher ins Blaue, und der Ringfinger wird langsam dick.
Nichts hat sich geändert, seit das Kind seinen ersten Globus drehte,
Bis die Farben der Wüsten und Ozeane es schwindlig machten.
Der Mensch bleibt, was er ist, eher Schnecke als Trägerrakete.
Selbst ein Flug zwischen Kontinenten endet beim Übernachten

In einem tristen Hotel, wo die Drehtür dich bald wieder ausspuckt.
Braucht es Vokale, um zu begreifen: hier geht alles rund?
Eine Silbe wie *Gott*? Wen wundert es, wenn der Herzmuskel zuckt,
Wenn der Tag nachts vergurgelt im traumschwarzen Schlund?

Erklärte Nacht

Oder Dichtung, was war das noch? Entführung in alte Gefühle …
Stimmenfang, Silbenzauber, *ars magna* im elaboriertesten Stil.
Die Kälte der Selbstbegegnung, ein Tanz zwischen sämtlichen Stühlen.
Nichts Halbes, nichts Ganzes also, doch das gewisse Etwas zuviel.
Dem einen Gebet ohne Gott, dem andern das »Echt Absolut Reelle.«
Jene Zickzacknaht – Vernunft, an Affekte und Mythen gebunden,
Die den schläfrigen Leib präpariert mit empfindsamen Stellen.
Rückkehr der Echos zur Quelle, zum Mund, wo die Laute sich runden.
Atembild, hingehaucht in die Frostluft, ins taufrische *nihil*.
Magisches Gängelband, Ariadnefaden durchs Dunkel der Aporien,
Kette aus Glücksmomenten bis zurück zu den Mädchenbädern am Nil.

Innigste Linie, nie in Zahlen zu fassen, entflieht sie den Geometrien,
Seit die Welt als beschreibbar gilt, in Formeln auflösbar, in Gesetze.
Vergeßt dieses schamlose Ich und sein Du, herbeigeholt aus der Ferne.
Der Vers ist ein Taucher, er zieht in die Tiefe, sucht nach den Schätzen
Am Meeresgrund, draußen im Hirn. Er konspiriert mit den Sternen.
Metaphern sind diese flachen Steine, die man aufs offene Meer
Schleudert vom Ufer aus. Die trippelnd die Wasserfläche berühren,
Drei, vier, fünf, sechs Mal im Glücksfall, bevor sie bleischwer
Den Spiegel durchbrechen als Lot. Risse, die durch die Zeiten führen.
Philosophie in Metren, Musik der Freudensprünge von Wort zu Ding.
Geschenkt, sagt der eine, der andre: vom Scharfsinn gemacht.
Was bleibt, sind Gedichte. Lieder, wie sie die Sterblichkeit singt.
Ein Reiseführer, der beste, beim Exodus aus der menschlichen Nacht.

Una Storia Vera

Alles Gute, Tochter

Nebenan schläft mein Kind. Die Zeitbombe tickt
Mit tiefen Atemzügen. Solange sie träumt,
Geht im Zimmer die Arbeit voran.

Heute dachte ich beim Anblick ihres Nackens,
Der kleinen Ader an der Schläfe, ohne Wehmut,
Daß sie mich überleben wird.
                                        Von ihrer Zukunft
Weiß ich soviel wie sie von der Vergangenheit
Des Menschen heute, der ihr Vater ist.

Sie hat mir leid getan, wie sie da saß
Halb unterm Schreibtisch, in der Hand die Murmel.
Getrennte waren wir, zwei Fremde in der Zeit.
Sie von da aufzuheben fehlte mir die Kraft.

Kind im Mittagsschlaf
oder
Die Schule von Delft

Woher rühren die Vermeer-Visionen,
Kind, in deiner Nähe? Dieser weiche Zug,
Pfirsichfarben unter Trauben von Photonen,
Um dein Goldhaar – reiner Luftbetrug?

Schlafentrückt liegt hinter Gaze-Netzen
Ihr verschwimmendes Gesicht. Motiv, Motiv!
Sie zu sehn heißt sich nach Delft versetzen,
In den Mutterleib, in dem Jans Tochter schlief.

Um ihr Bett streicht, heimlich, ein Entzücken:
Kinderstube, frühe bürgerliche Welt.
Licht, die Brücke, trägt die Augenblicke,
Wenn der Strahl von dorther auf sie fällt.

Blau ist da, Zitronengelb und jenes helle
Grau behauchter Spiegel, kondensierte Zeit.
Mittagsschlaf, – der Tag tritt auf der Stelle.
In den Raum zieht Holland, eng und himmelweit.

Malers Auge ist die schärfste aller Linsen,
Und sie bündelt alles Leben ringsumher.
Engelgleich – kein Widerspruch – ihr Grinsen
Aus dem Traum … So malte sie Vermeer.

Fröhliche Eiszeit

1

Mitten im Juli versinkt er im Schnee, prüft das Eis,
Zwischen den Zähnen den Pinsel – Schlitze die Augen.
Schwitzend sitzt er, der Künstler, vergleicht seine Skizzen
Mit dem Winterfragment, den ersten Schollen, blitzblank
Dort auf der Leinwand. Noch ist das Weiß unbeseelt.
Woher nehmen, die grimmige Frostluft, das fahle Licht?
Jetzt einen Branntwein, das wärs. Umso rauher der Atem
Des Glasbläsers, gut für die Arbeit am Himmelsgewölbe.
Gelblich fahl muß es sein, behaucht von weit draußen.
Von innen gebräunt wie der Rauchfang der Aalräucherei.
Bloß kein Flockenfall, Gott behüte, das trübt die Sicht.
Klare Konturen, *alsjeblieft*. Windmühle, Ziehbrücke, Baum.
Etwas Fleisch zum Erwärmen: ein Mägdlein, das stolpernd,
Tief blicken läßt. Inbild währt schließlich am längsten.

2

Im Hintergrund sieht man auf Schlittschuhn Soldaten,
Die den Feind beschießen vor den Mauern der Stadt.
Im Vordergrund streichelt ein Kind im Eskimofell
Sein Hündchen. Und die Narrenkapp tief in der Stirn,
Schiebt ein grotesker Zwerg, allseits beliebt, sich vorbei,
Sein Schlitten der Unterkiefer von einem Pferdeschädel.
Willkommen in Holland, im Jahrhundert 17 des Herrn,
In einem der strengen, knochenbrechenden Winter,
Von den Klimaforschern heut *Kleine Eiszeit* genannt.
Vermummte Gestalten, die sich im Stadtgraben tummeln
Auf brüchigem Eis: die meisten stehn in sich gekehrt.
Mancher starrt da ein Loch durchs Bild, schaut dich an,
Fern und doch nah unter den Ohrenschützern, die Kufen
Seiner Schlittschuh krumm wie ein Eunuchenpantoffel.

3

Oder dies, für das Album: Vater und Sohn spielen *colf*.
Eine Szene von vielen, zeitentrückt, zarte Gouche
In denselben Wasserfarben, die Frost zu Pastellen gefriert.
Scheußlich die Platzwunden, die so ein Lederball schlug.
Luxus das Ganze, ein Sport für die Blaßgesichtigen
Aus den höheren Schichten – den rosigen Tulpenzüchter
Im feinen Tuch, den Beamten mit seiner bockigen Brut.
Aug in Auge mit ihnen, unter niedrigen Januarhimmeln,
Von ihrer Fröhlichkeit angesteckt, ihren Knollennasen,
Packt dich die Lebenslust, und Spinoza hat recht gehabt.
»Der freie Mensch denkt an nichts weniger als an den Tod.«
Wozu Rücksicht nehmen auf die mürrische alte Marktfrau
Mit dem Korb voller Eier? He da, ihr Tölpel, lacht doch:
Des Bauern Schmuck sind die Veilchen, die blauen Flecke.

4

Was soll das heißen: Winter zeigt uns, wir alle altern?
Gesprungene Lippen, Hände wie Weidenstrünke verdorrt,
Eisgraue Strähnen im Haar, habt ihr nichts andres im Sinn?
Winter heißt Esel sein, derbe Späße und Tanz auf dem Eis.
Wer es sich leisten kann, lädt seine Dirne zum Ausflug ein,
Sein Schlitten ein Liebesnest in der Form eines Schwans.
Am Ufer die Hütten, umnebelt von Schornsteinrauch,
In den Fenstern Kerzenschein, dottergelb, bleiben zurück.
Silberhell in der Dämmerung klingeln die Glöckchen
Am Pferdegeschirr. Der Kavalier schwingt die Peitsche.
Nur der Angler vorm Eisloch, der sich die Hände reibt,
Schlotternd vorm Kohlebecken, sieht alt aus, verhärmt.
Die Kälte der Sterne am Nachthimmel über ihm ist
Nichts als die Angst in den Fischaugen unten am Grund.

5

Ein verkrüppelter Baum, im Geäst ein verlassenes Nest.
Wer kann, hat sich davongemacht, südwärts, auf Flügeln.
Nur die Krähen sind dageblieben, ein Trupp Marodeure,
Immer zur Stelle, wo eins in Not ist, Maus oder Mensch.
Unheimliche Stunde – als hätten die Engel verschlafen.
Ein Kahn steckt da senkrecht im Tümpel. Ein Reisigbesen
Hüpft übers Eis, wie von Geisterhand dirigiert.
Männer in Pluderhosen, fröstelnd, umschwärmen obszön
Die einzige Jungfrau, die Zuflucht sucht dort im Schnee.
Vor der Scheune das Faß mit dem Spundloch, der Spalt
In der Eisdecke zeigt, was geschah nach dem Sündenfall.
Vierhundert Jahre, schau an, warn bis gestern ein Tag,
Der zerbrach an den Rissen im Firnis. Objekt für Objekt
Ist sie kälter geworden, die Welt, schweigsamer, härter.

6

Schnee, nichts als Schnee. Doch das Weiß deckt nur zu,
Was darunter schwelt im milchigen Schein – pures Gold.
Darum der Volksauflauf, am Gefrierpunkt die Kirmes.
Man hört das Gelächter noch, das Hallo und Hatschi
Der Verschnupften. Einer schlägt Purzelbaum auf dem Eis.
Einer, der Länge nach hingeschlagen, spielt Toter Mann.
Jung und Alt, unter niedrigen Himmeln versammelt,
Folgen, angeregt plaudernd, der Seeschlacht der Wolken.
Hier und da streckt ein Bootssteg die braune Zunge heraus.
Jeden Pfahl ziert ein Häubchen, wie die Unschuld vom Land,
Manchen Baumstumpf die Halskrause, plissiert à la mode.
Die Landschaft, ein Samtkissen, im Holzrahmen knisternd,
Raunt dir zu: Tritt nur ein in die Werkstatt. Schau hin,
Wie der Goldschmied in Schnee faßt die Zeit, den Kristall.

7

Ach, Ruysdael, Ihr glaubt, es kehrt Frieden ein abends?
Weil das Städtchen sie heimruft, auf dem Hügel die Farm?
Das Häuflein im Pferdeschlitten, kann es denn jemals
Dem eigenen Schatten entfliehen, der wächst und wächst?
Man kennt ja den Kirchturm, es gibt ihn noch immer,
Wenn auch nicht dort an der Flußmündung, Meister. Wozu
Hat die Schute ein Segel gesetzt, die doch festhängt im Eis?
Und der Junge, den weichen Zug um die Stirn, keine zehn,
Allein unterwegs, warum hält er die Stange geschultert?
Weiß er nicht, wie gefährlich es ist, so ins Blaue zu gehn?
Die Enten im Schilf, in der Ferne, verschleiert, die Mühle:
Ich weiß, was Ihr zeigen wolltet. – So ist es gewesen
Im sechzigsten Winter. Nichts von Bedeutung, Leute.
Nur daß es länger dauert, im Schnee, das Verschwinden.

Vom Schnee
oder
Descartes in Deutschland

1. Der Schnee von heute

Monsieur, wacht auf. Es hat geschneit die ganze Nacht.
Soweit das Auge reicht auf einer weißen Fläche,
Schmückt sich das Land mit weißen Kegeln. Es sind Bäume,
Die mit der Winterhand der große Arrangeur
Veredelt hat. Man sagt, Ihr schätzt ihn, seinen Spieltrieb,
Der Türmen Hauben aufsetzt und die Dächer deckt
Mit kalten Daunen. Sein kristallenes Flanell,
Gewebt aus Flocken, polstert faltenlos die Fluren aus,
Bis alle Welt verzaubert ist und tief verschneit –
Ein Foliant mit weißen Seiten, die nur *er* beschreibt.

Seht Ihr, es tagt. Spurlose Frühe, geometrisch klar.
Kühl wie am Morgen nach der Schöpfung, formenstreng,
Zeigt sich die Erde nun, berechenbar. Was möglich ist,
Nicht was durch Sintflut, Ackerbau und Kleinstaatkrieg
Verheerend wirklich wurde, liegt nun ausgebreitet.
Besänftigt lädt, was irgend denkbar ist, zum Studium ein.
Schnee hat den Bann gebrochen. Das Diktat der Zeit –
Habt Ihr bemerkt, ist aufgehoben. Unter frischen Wehen
Kroch eine Gleichung in die Hügel. Rein als Raum,
Dreht sich die Landschaft auf den Rücken wie im Traum.

Wacht auf, Monsieur. Auch wenn es scheint, ein Federbett
Sei wie die Wunderwelt dort draußen – nur im Kleinen.
Zum Greifen nah, leicht überschaubar. Eine Projektion
Im Maßstab Eins zu Tausend, nimmt man die Region,
In der Euch Winter traf und einspann wie die Raupe.
Heraus aus dem Kokon! Kommt, werft die Decken ab,
Wenn auch ihr Faltenwurf an Berg und Tal erinnert –
Dazwischen Gänsepfade, überm Knie ein ferner Hügel …
Was früh den Blick trübt, nachts ihn bricht, ist kein Gestirn.
Ein Futteral ists, weich gepolstert, für das müde Hirn.

Es hat geschneit. Seht, vor dem Haus, die weiße Pracht.
Bringt Euern Leib, das feine Instrument, in Position.
Haltet den Atem an ein Weilchen. Adjustiert genau,
Was zum Verorten so geschaffen ist wie kein Sextant –
Dies Sehwerkzeug mit seinen Linsen. Merkt Ihr was?
Auch das Gerät, das uns zur Orientierung dient im Raum,
Ist nur ein Körper, für den Euklids Regeln gelten.
Aus Protein gemacht, doch nach der Art von Glas –
Nichts was zerbricht, und doch im Sog der Erdenschwere,
Folgt es, verletzbar, wenn auch Ding, der Brechungslehre.

Lacht nicht, Monsieur. Ihr kennt so gut als jeder Physicus
Die beiden Wunderkugeln. Wetten, mit Sezierbesteck
Habt Ihr die Äpfelchen zerteilt, die feinen Nervenstränge,
Verzweigt im Eiweiß rings wie vor dem Fenster draußen
Das Wurzelwerk der Bäume unterm frischen Schnee.
Weit mehr gewußt habt Ihr als jeder schnöde Anatom
Von Iris und Pupille, Meister Metaphysicus.
Kein Augenarzt – ein Philosoph betrat das dünne Eis
Zuerst mit der vertrackten Frage: Was heißt Sehn?
Que sais – je? Vielleicht hilft Schnee ja, Perzeption verstehn.

Schnee abstrahiert. Nehmt an, er hat das Bett gemacht
Für die Vernunft. Er hat die Wege eingeschläfert,
Auf denen der Gedankengang sich sonst verirrte.
Die Landschaft gleicht der Schiefertafel, blankgewischt,
Gekippt um neunzig Grad. Im Winterlicht erstrahlt
Die reinste Kammer *lucida*. Durchs Guckloch geht
Der Sehstrahl scharf zum Horizont und kommt zurück.
Kein Hindernis, kein Zickzackpfad, nur Perspektiven.
Vom Frost geputzt der Zeichentisch – ein idealer Boden
Für den *Discours*, Monsieur. Allez! Für die Methode.

Nun steht schon auf. Die Sonne wartet nicht auf Euch.
Erhebt Euch aus zerwühlten Laken, eh die Herrlichkeit
Zerschmilzt und Dreck die Sicht Euch trübt wie immer.
Neuschnee ist kostbar wie die großen Diamanten,
Für die man Kriege führt und tauscht Provinzen.
Ein Juwelier, der Schnee. Er modelliert, wohin er fällt.
Er rundet auf und ab und übersetzt in schöne Kurven,
Wofür Physik dann, schwalbenflink, die Formel findet.
Monsieur, bedenkt, was Euch entgeht, verliert Ihr Zeit.
Für Euch hat es, für Euch, die ganze Nacht geschneit.

7. Selbstportrait als leerer Teller

Wie kann das sein? Derselbe Spiegel, der mir früh
Im Winterlicht am Kinn die schwarzen Stoppeln zeigt –
Jetzt steht er grau, ein Glas halbvoll, am Fensterbrett.
Und nichts verrät, wie eben noch im Streichholzglühn,
Was er enthielt: mein Bild, die Psyche, tief verzweigt.
Mein Konterfei, herausgeschält aus Nacht und Bett.
Jetzt scheint er blind. Im Staub ein bloßer Scherben dort
In meinem Rücken. Dabei weiß ich nur zu gut:
Sein Glas schöpft weiter, heimlich, aus der Bilderflut.
Nur ich bin hier – an einem ungenannten Ort.

Ich weiß genau, ich bin. Auch wenn er mich verschluckt
Mit Haut und Haar. Wie ich verschluckte fast vor Lachen
Den Rebhuhnknöchel. Beinah wär ich dran erstickt.
Ein Spiegel hat, wohl wahr, kein Liderpaar, das zuckt.
Nichts sticht ihm je ins Auge. Diesen klaren Schacht
Muß jedes Bild hinab. Du brichst dir das Genick
Beim Sturz kopfüber in den kalten Silbersee.

Merkwürdig nur, wenns ihn nicht gäb, Ihr wüßtet kaum:
Wie sieht er aus, der zu Euch spricht? Wie dort im Schnee
Die Hasenspur wärt Ihr nur Ornament im Raum.

Und doch, es schmerzt. Wundherde, Eingeweide sind,
Zahnhälse, freigelegt, kaum schauriger als dies.
Jetzt gähnt ein Tisch, ein Teller blinkt, wo sonst die Stirn
So unerforschlich leuchtete – mein eigenes Gesicht.
Es ist nur Glas, scheints. Und doch droht es dir: verschwinde.
Es ging zu Bruch, als sie beim Putz dagegen stieß.
Nun schneidet es die Schneelandschaft, in der das Hirn
So weich versinkt. Du drehst dich um – es gibt dich nicht.
Dein Kragen glänzt, der Schopf, wie Schweineschmalz. Brutal,
Ein Zacken Glas, hält die Materie über dich Gericht
Sub specie aeternitatis – aus dem Hinterhalt.

Im Gleichgewicht, wie auf den *schilderijen* aus dem Norden,
Stehn Ding und Mensch. Es schneit. Merkt Ihr was, Philosoph?
Was man im Süden klangvoll *chiaroscuro* nennt,
Das Hell und Dunkel, hilft es nicht, Euch zu verorten?

Gefangen sitzt Ihr, Euer Doppelgänger, in den Strophen
Von einem, der Euch schlecht aus Euren Büchern kennt.
Die Wette gilt: ob wohl die Nachwelt Euer Bild verzerrt?
Für alle Zeiten hält demnächst Franz Hals Euch fest,
Im Ölportrait. Ihr wurdet, Meister, weit verehrt,
Als die Visage dort längst Abgrund war und Palimpsest.

Ihr seid nun dort … wo Zeit nur heißt – Gespiegeltsein.
Der Abstand wächst. Von Euch zu Euch, von Euch zu mir.
Schatullen schimmern da, Goldknöpfe, Rembrandts Augen,
Wie die Reflexe auf dem Schlüsselbund, mit sich allein.
Und wie der Schnee, posthum, strahlt Ihr aus dem Papier
Mit jedem Wort, vom Sand der Sanduhr aufgesaugt.
Nun könnt Ihr, von der Welt verlassen, Euch entziehn.
»Mitnichten, Freund. Die Weltflucht geht mir *contre cœur*.«
Ihr gleicht dem Arzt von Dou, der dort den Kolben voll Urin
Im Taglicht prüft. Den im Gefäß die Trübung stört.

Ein klarer Fall. Man sieht die Schärpe, das Diplom,
Und ahnt, das Schicksal kommt aus einer ruhigen Hand.

Der Anschein trügt. In der Karaffe geht mit jedem Schluck
Zur Neige das Portrait. Sein eigenes Arom
Hat jeder Augenblick und jeder Tag. Äquidistant
Bleibt eins zum anderen, und jedes Ding ist sich genug,
Auch wenn A' und A im Spiegelglas sich decken –
Zum Greifen nah. Ihr wißt, sie sind doch weit entfernt.
Der Rock am Haken, unterm Tisch das Kohlebecken,
Und selbst der Weidenkorb kreist um den eignen Kern.

Lehnt Euch zurück. Charakter heißt – man balanciert
Auf schmalem Grat. Tritt aus dem Schatten für Momente.
Ein Teil von Euch bleibt immerfort im Dunkeln, blind.
Der andre wird, bei Licht, von lauter Spiegeln filetiert.
Mehr ist da nicht. Daß Euch kein Fensterkreuz je kennt,
Nehmts hin. Es ist ein Vorgeschmack auf das Verschwinden.
Der Schemel dort, der Krug sagt Euch: Ihr kehrt nie wieder.
»Fort mit dem Ding!« »Eh Ihr Euch auflöst ganz in Schrift,
Geht an die Luft, Monsieur. Was Euch das Glas erwidert,
Ist nur der Blick, in dem ein Leib auf sein Bewußtsein trifft.«

16. Über das Sehen

»Sein ganzes Leben lang blieb Descartes
bis zum Mittag im Bett.«

Ein neuer Tag. Das Licht kriecht zögernd an der Wand
Hinab, wie Wasser steigt, invers, in einem Glasbehälter.
Bald ist die Stube lichtgetränkt. Draußen das Land,
Wie gestern auch liegt starr, im Griff des Winters. Kälter
Ist nun ein Adjektiv wie älter, reifer und genauer.
Eisblumen arrangierten an den Scheiben ein Bouquet
Von kristalliner Schönheit und von kurzer Dauer.
Der Steinbock pflügt mit seinen Hörnern frischen Schnee.
Vorbei die Weihnacht. Im Regal der Speck wird ranzig.
Es geht aufs Ende zu. Bald schreibt man 1620.

Descartes liegt wach. Vor seinen Augen, seit Minuten,
Schwebt mit dem Balkenholz die Decke auf zum Himmel.
Um diese Stunde hilft kein Wissen, nur Vermuten.
Noch ist kein Gipfel hier, kein Nachttopf zu erklimmen.

Es ist die schönste Zeit des Tages – das Beginnen
In aller Unschuld, ein Entwurf, noch unbefleckt.
Die Welt, noch ist sie lungenweit. Ein Punkt im Innern,
Hält sich das Ich im Labyrinth des Hirns versteckt.
Ein Schneegelände, und darin schweift frei herum –
Der Geist. Kein *Cogito*, kein *ergo* und kein *sum*.

Ein Doppelpunkt: und aus den Augen wächst die Welt.
Sie geht dem Sehstrahl auf den Leim und folgt dem Bild,
Das längst bereit liegt hier und sie auf Abstand hält.
Imaginiert, ist sie der Brei, der zum Phantasma quillt.
Im Brennpunkt sammelt sich, was dem Betrachter paßt,
Was auf dem Blickfeld bleibt vom Fechtkampf mit dem Licht:
Bald schon Tableau – in Öl ein Tafelbild, noch naß.
Ein Ausfallschritt, *retraite*, und dann der Treffer – Stich:
Ein Lidschlag nur, da plötzlich tritt aus seiner Deckung
Der Raum hervor und unterwirft sich dem Subjekt.

»Was siehst du da?« »Als blinde Fledermaus, Herr?« »Was,
Ich frag dich, siehst du da, Gillot?« »Wo zeigt Ihr hin?

Was meint Ihr bloß? Das tote Edelweiß im Fensterglas?
Im Eck dort, staubdurchwirkt, das Netz der Spinne?«
»Sieh hin. Was siehst du da?« »Mir scheint, ich hab ein Brett
Vorm Kopf. Ich seh nur Muster, Schlieren – Moiré?«
»Dann schau genauer hin. Stell dich hierher, ans Bett.«
»Nun seh ich gar nichts mehr. Ich glaub, Ihr meint den Schnee
Vorm Haus.« »Du sollst nicht glauben, sondern sehn!«
»Ich bin stockblind. Ich kann nur sehn, was ich versteh.«

»Blind bist Du nicht. Du machst nur vor den Dingen Halt.«
»Ihr habt ganz recht. Ich seh nur, was ins Auge fällt –
Wie einer, der sich an das Nächste, Beste hält.«
»Und so entgeht dir, was die Welt zusammenhält.«
»Was heißt denn Sehn?« »Gewiß nicht, an den Dingen kleben.
Lehn dich zurück, und *la lumière* wird dich entzünden.«
»Ich weiß, es gilt das Moos, den Schleier anzuheben.«
»Vergiß es, Freund. Hier gehts nicht um verborgne Gründe.
Wahrnehmen heißt, du klopfst als Blinder auf den Busch
Mit deinem Stock. So spürst du, was vorüberhuscht.«

»Bin ich nun blind, Monsieur? Habt Ihr nicht selbst gesagt –«
»Nein du, du hast geklagt –« »Und klage noch: ich bins.«
»Verwirr mich nicht, Gillot. Die Nacht ist nicht der Tag.
Gott ist nicht sterblich, und ich bin kein Kind.«
»Wie soll ich sehn, was Ihr von Euerm Bett aus seht?«
»Du sollst begreifen, daß, was du vor Augen hast,
Nur ein Effekt ist deiner Sinne. Welt entsteht
So schnell, wie du sie auffaßt – frei nach Augenmaß.«
»Dann ist das alles nur ein Traum?« »Was du hier siehst,
Ist so real wie Blut, das von der Degenklinge fließt.«

Ein Weiß, das schmerzt. So frißt der Tag sich in die Haut.
Jahrhundertwinter, melden später die Kalender.
Es kann noch Wochen dauern, eh die Erde schließlich taut.
Zurück in Platons Höhle kriecht, vom Schnee geblendet,
Ein junger Philosoph. Er bleibt im Bett. Sein Gegenüber
Mag sich der Freundin widmen in der letzten Nacht
Des alten Jahrs. Ein Wink, ein Kuß, ein Nasenstüber –
Wenn er versagt. Dann sitzt sie rittlings auf ihm, lacht.
Vorbei die Zeit. Silvester sieht wie stets, was kommt, voraus.
Es schneit, es schneit. Und Flocken wirbeln um das Haus.

22. Lob der Pferde

Es hat geklopft. Bild ich mir das nur ein? Es klopft.
Am Fenster dort, ist das – ein Dorfgespenst? Sieht aus –
Mich tritt ein Gaul! Ein ausgewachsner Pferdekopf.
»Gillot, komm schnell. Mir scheint, uns steht Besuch ins Haus.«
»Bin schon zur Stelle, Herr. Sagt an, was soll der Krach?
Die ganze Bude wackelt.« »Wenn ich vorstelln darf –
Schau, wer dort mit den Hufen scharrt. Sag Guten Tag.
Leg ab die Maske, Pegasus. Du bist entlarvt.«
»Habt Ihr das Pferd bestellt, Monsieur?« »Kann sein.
Mach auf die Tür. Bitt unsern edlen Gast herein.«

»Monsieur, Ihr scherzt.« »Nur zu, ich will mich amüsiern.
Ich fühl mich einsam heut in meinem Bücherstall.«
»Ihr wollt – im Ernst, daß dieser Gaul dort durch die Tür …«
»Und ob. Das Gastrecht gilt hier drin wie überall.«
»Hier ist kaum Platz für zwei.« »Gewiß, gleich wird es eng.
Da heißt es, Tisch und Stuhl beiseiterücken.«
»Bedenkt, ein Pferd schlägt aus, wenn mans bedrängt.«

»Ich gebe zu, das Tierchen muß sich leider bücken.«
»Herr, lieber geh ich selbst für Euch auf allen Vieren.«
»Nun mach schon. Soll das arme Roß dort draußen frieren?«

»Hereinspaziert! *Bonjour*. – Ein kolossales Tier.«
Kantapp, kantapp. Das Pferd tritt ein. Es schnaubt und steht.
Ein Spiegel klirrt. Es schaut sich um, höchst konzentriert.
Gott, wie der Blick der Kreatur zu Herzen geht …
Wenn man die Tragik sieht des Tierseins, das Bemühn –
Und diese Würde … *Honnête homme*, man fühlt sich schlecht.
»Laßt Euch nicht störn. Ich bleib im Flur. Ruft einfach Hüh,
Wenn Ihr was braucht.« »Schon gut. Ich komm allein zurecht.«
Es spitzt die Ohrn. Die Flanken zucken. Leicht gequält
Hebt es den Schweif – und *plopp*: ein Pferdeapfel fällt.

Man starrt sich an. Verblüfft, der eine sinnt: wie sonderbar
Sieht so ein Pferd doch aus. Der andre testet, ob das Eis
Auch wirklich trägt. Er senkt den Kopf. Verlegen scharrt
Sein Huf die Dielen. Von den Augen bleibt nur Weiß …
Gib ihm ein Zeichen, denkt der andre, und sagt streng:

»Hab keine Angst.« Dann räuspert er sich, tief beschämt.
Hättst du geschwiegen, Philosoph. Der andre denkt –
Nein, der denkt nichts. Er starrt zu Boden wie gelähmt.
F 3 Cheval – G 1 Le Roi. Ein Zug … *Sapienti sat.*
René Descartes in seiner Ecke denkt: »Schach matt.«

Pferde sind schlau. Es heißt, sie könnten kalkulieren.
Der lange Schädel, recht besehn, hat was von Lautenform.
Doch was herauskommt, statt Musik, ist nur dies Wiehern.
Und erst der Arsch – breit wie ein Scheunentor. Enorm,
Was sie an Lasten schleppen, wie geschwind sie laufen.
Schön anzuschaun, das sind sie, doch wie alle Tiere dumm.
Man hätte sie, wärs anders, längst wie unsereins getauft.
Bei aller Anmut dieser Leiber, ihr Gemüt bleibt stumm.
Am besten eignen sie sich noch als Postament
Für Denkmalhelden, wie sie das Geschichtsbuch kennt.

»Vergib mir, Brauner. Doch nur, wer sich selbst erkannt,
Ist Teil der denkenden Substanz.« Mit einer Kerze malt
Der Philosoph den Schattenriß des Prüflings an die Wand.

»Siehst du dein Bild? Wenn in dir Geist steckt, *cher cheval*:
Beweis es jetzt!« Er bückt sich, malt mit Kreide auf das Holz,
Wie einst der Mönch dem Kind die Gleichung 3 plus 5.
Das Tier weicht scheu zurück. Das Tier hat seinen Stolz.
Am Schlüsselloch sieht jemand zu, wie es die Nüstern rümpft.
Dann kommt es näher, freundlich, das Gebiß gebleckt –
»Denk dir, Gillot, es hat die Rechnung einfach aufgeleckt.«

»Ein kluges Tier. Auf einen Schlag – Problem gelöst.«
»Was heißt hier klug? Das war wohl kaum der Übung Zweck.«
»Daß es als Pferd sich gab, seid Ihr ihm darum bös?
Herr, was erwartet Ihr? Bewußtsein etwa, Intellekt?«
»Maschinen sinds. Man kann die Viecher nur bedauern.«
»Monsieur, man sagt, die Seelen wandern. Manches Pferd
War einst ein Flügelroß und manches ein Kentaur.«
»Doch keins war je, wie unser Thomas von Aquin, gelehrt.«
»Gelobt das Pferd – geduldig läßt es sich dressieren.«
»Nun, was für Theologen gilt, gilt auch für Tiere.«

35. Der düstere Tag

Ein später Herbst. Der Himmel tief gehängt. Ein Braun
Wie Apfelfäule stimmt, mit Rauchgrau, nassem Laub,
Den Dreiklang an. Ein jeder sucht, verhuscht, ein Heim.
Die Weiden hinterm Wehr, zerlumpte Marketenderfrauen,
Stehn gramgebeugt. Die Kälte macht die Finger taub.
Ein Kind, folgt es am Weg dem hellen Schneckenschleim,
Hängt bald im Dickicht, schluchzend. Sturm, zur selben Zeit,
Läßt vor den Küsten Schiffe kentern, peitscht das Haupt
Des Eremiten dort mit Hagel, bricht entzwei,
Was sich als Brücke, Liebespaar und Achse sicher glaubt.

Verloren drängt, ein Ulmenblatt, mit dürrem Stecken,
Der Hirt die Herde in den Stall. Der Wind treibt Scherz
Mit fröstelndem Entsetzen. Johlend, Reiterei
Holt ihn vorm Dorf ein – Tod und Teufel, zähnebleckend.
Und Krähn verziehen sich, gehässig krächzend, himmelwärts.
Dann ist, einmalig, auch dies Landschaftsbild vorbei.
Und Schatten sinken, herbstgewohnt, in Wald und Flur.

Ein Späher teilt den Raum in Hinterland und Front.
Im Wirtshaus zeigt die kalte Schulter eine Hure.
Unheimlich ist, so plötzlich fremd, die Welt, bewohnt.

Es blitzt. Der nahe Steinbruch, tränenüberströmt,
Zeigt, von Gestrüpp umrankt, ein menschliches Gesicht.
Von blauben Hügeln weht es kühl herüber. Böhmen
Grenzt an Brabant jetzt, Umbrien, im Abendlicht –
Die frühen Gärten der Touraine. Zur Erde ziehts
Das Vieh im Joch, den Strauchdieb, der sein Pfeifchen raucht.
Die Magd singt, auf dem dunklen Pfad, ein Kirchenlied.
Am Fuß das Weiche – war das Lehm, ein Krötenbauch?
Warum nur lärmt dort, mit Lampions bewehrt, die Kinderschar
Wie aufgedreht? Wo nichts mehr ist, wies gestern war.

Erst gestern nahm ein Mann (aus Thorn) den Leichenschein
Des Mondes wahr. Erst gestern rückten die Planeten
Wie seekrank nah. Erst gestern fiel das Privileg
Der stolzen Erde, Mittelpunkt des Alls zu sein.
Ein Wirbelsturm – die Sonne wurde zum Magneten.

Zu Ende ging ein Menschheitstraum, so lang gehegt.
Verfinstert kehrt, umwölkt, an diesem düstern Tag
Die Angst zurück: was, wenn der Mutterleib, die warme Bucht,
Uns nicht mehr Zuflucht ist vor diesem Meer von Plagen.
Da hilft nur Zechen bis der Raum sich dreht. Verflucht!

Schlaftrunkner Narr. Phantast du. Eigenbrötler. Sturer Bock.
Was hat man ihn nicht alles schon geschimpft. Und doch,
Ein dickes Fell gehörte nie zu seinen Kleidern.
In Leder ging er, gutes Tuch gehüllt, im Seidenrock,
Schneeweiß im Pelz. Das Kinn, er trug es nie zu hoch.
Im tiefsten Krieg noch blieb er menschenfreundlich, heiter.
Er liebte Chic, Perücken, Spitzenschuh. Doch niemals nie
Ging er gepanzert in Zynismus, gab das Stachelschwein.
Sie hielt ihn aufrecht: Eleganz, Vernunft. Für Häresie
War er zu fein. Zu sehr – als Christ – mit Gott allein.

In jenem Herbst, ein Fünfzigjähriger, ging er an Bord
In Amsterdam. Christina, Königin der Schweden,
Ließ sich die Überfahrt was kosten. Nur für ihn

Lag da ein Schiff am Kai. Den großen Geist nach Norden
Ins Netz zu locken, hieß viel Klugheit, Überredung,
Viel Briefverkehr. Vorahnungsvoll ließ er sich ziehn.
Nun wars soweit. Und kein Zurück mehr. Bang in der Kajüte
Saß er und schrieb. Das Land verschwand am Horizont.
Sein Assistent, ein junger Deutscher, hieß nun Schlüter.
Wenn er ihn rief, warum nur dachte er – an Charon?

Das Ufer kam. Es kam in Sicht vier Wochen später.
Ein frostiger Empfang. Nur Schranzen, Hofvolk, Militär.
Ein böser Blick, dort aus der zweiten Reihe, traf
Ihn scharf ins Herz. Und dann begrüßte ihn ein Leisetreter.
Der plumpe Kerl, ganz Protokollchef, tat sich schwer
Mit seinem Lebenslauf. *Bin weder Greis, du Tropf, noch Graf.*
Das Festbankett, noch Tage lags ihm schwer im Magen:
Die Muscheln, Lachs und Rübenmus. Dies Bier, dies Brot …
Früh aufzustehn, vor Kälte steif, umschwirrt von Fragen,
Der Mißgunst ausgeliefert, war der sichre Weg – zum Tod.

Porzellan
Poem vom Untergang meiner Stadt

»Mein Vögelchen kömmt nicht.«
Immanuel Kant, 1803

1

Wozu klagen, Spätgeborner? Lang verschwunden war
Die Geburtsstadt, Freund, als deine Wenigkeit erschien.
Feuchte Augen sind was anderes als graues Haar.
Wie der Name sagt: du bist zu flink dafür, zu grün.
Siebzehn Jahr genügten, kaum ein Jugendalter,
Auszulöschen, was da war. Ein strenges Einheitsgrau
Schloß die Wunden, und von Zauber blieb – Verwaltung.
Nicht aus Not geschlachtet haben sie ihn, Sachsens Pfau.
Flechten wuchsen, unverwüstlich, über Sandsteinblüten.
Elegie, das kehrt wie Schluckauf wieder. Wozu brüten?

2

Klar die Frostluft: unterm Flügel, Augenweide,
Lud der Fluß, ein schlankes S, die Bomberstaffeln ein.
Nachts der Stadt blieb keine Zeit, sich anzukleiden.
Besenhexe kocht. Kocht Glas, Metall, Asphalt und Stein.
Bombe, Bombe – blankpoliert, fiel durch den Schacht
Tonnenweise Schrott in den Mätressenschoß.
Augusts Pracht … »Nie gutzumachen, diese Nacht«.
Schwarz vom Phosphorbrand: das sandsteinhelle Schloß.
Spaniens Himmel flammte auf, und Coventry und Guernica.
Von der Bella *ante bellum* – nichts mehr da.

3

Sprich mir nach: es braucht nicht viel, aus einer Stadt
Eine Mondlandschaft zu zaubern. Oder Kohle
Aus den Menschen, die da wohnen. Stell dir vor: es hat
Eine Opernpause nur gedauert, Zeit zum Zigarettenholen,
Und auf Straßen, Todesfallen, brodelte der Teer.
Eben Frost noch, blau am Fahrradlenker klebt die Hand,
Schon herrscht Wüstenwind, fegt übers Häusermeer.
In den Wintermänteln, pharaonensteif, sind sie verbrannt.
Heißer war kein Sommer je. Der letzte Luftalarm
Kaum verebbt, da war im Zentrum noch die Asche warm.

4

»... 2000 Centner von der guten Porcellan-Massa ...«
Johann Friedrich Böttger,
Sächsischer Hof-Alchemist

Porzellan, viel Porzellan hat man zerschlagen hier,
Püppchen, Vasen und Geschirr aus weißem Meißner Gold.
Doch nicht dies nur. Ach, *es war einmal* – ein Klirren,
Und als Donner kam es auf den Tatort zugerollt.
Nein, kein Polterabend war, was Volkes spitze Zungen
Die *Kristallnacht* nannten, jener Glückstag für die Glaser.
Bis zum Aschermittwoch später war da nur ein Sprung.
Narr und Nazi hatten, heißa, ihren Heidenspaß.
Unschuld, sagt ihr? Lag die Stadt nicht längst geschändet?
He, wo seid ihr, Dresdner Schäferinnen, *german bands*?

5

Leise, jedes Jahr im Februar trifft von weit her
Einen Nerv der Loreley-Ruf *Dresden, Dresden …*
Stummfilm: nachts im Fernsehn ist sie wieder unversehrt
Archiviert, die Stadt, und kann dich doch nicht trösten.
Wochenschau, da gehn sie hin, Passanten. Keiner ahnt,
Was dann geschah. Flaneure, schlanke Damen, Invaliden.
Da am Postplatz, sieh nur: Fuhrwerk, Fahrrad, Straßenbahn.
Eine Kino-Welt mit lauter Dietrichs, Buster Keatons.
Nur Germania hält, am Altmarkt thronend, tonnenschwer,
Eine Wagner-Diva, herrisch sich aus dem Verkehr.

6

Laß sie ruhn. Wirst nicht mehr finden, was du suchst.
Ordinär, die Kriegsversehrte hat sich taub gestellt.
Nur der Körper kommt hier, ein Inspektor, zu Besuch.
Mutters Mutter, wenn sie traurig war, hat viel erzählt
Von der Stadt im Tal, der heiteren, im Schönheitsschlaf.
Nein, Erinnerung, der Vorrat an Legenden
Ist längst aufgebraucht, und jede Heimkehr wird bestraft.
Vor dem Friedhofstor der blinde Greis mit leeren Händen
Muß nicht hinsehn. Jedes Haus, das dort einst stand,
Kennt der Alte. Alles, was im Feuersturm verschwand.

7

Ist ein Wunderding, kaum daumennagelgroß, ein Kern,
Ausgespuckt von einem Kirschendieb – mehr nicht.
Hab als Kind ihn lang betrachtet im Museumslicht,
Unterm Lupenglas, ein Kleinplanet, auratisch fern.
Großtat eines Juweliers. Ins harte Holz geschnitzt:
Augen schreckgeweitet, lauter schreiende Gesichter,
Ein Inferno auf der Nadelspitze, Tröpfchen, glitzernd.
Kaum zu fassen, da – *in nuce* – war verdichtet,
Was der Stadt bevorstand demnächst – zum Emblem.
Dresden selbst war jener Kirschkern, aus dem All gesehn.

Der Misanthrop auf Capri

Präexistenz

1

Auch ich hab unter Hadrian gelebt,
Wenn auch als armes Schwein nur, Teil der Plebs.
Auch ich war tief geprägt wie in Karthago Münzen.

Ich weiß noch gut den Tag, da sah ich ihn
Beim Circus Maximus, an einer Straßenecke
In seinem Reisemantel: Johann Wolfgang Goethe.
An seiner Nase hab ich ihn erkannt, an diesem Kinn.

Er war noch nicht das Weltgenie und doch derselbe.
Die Menge, blicklos, zog vorbei. Nur er stand da
Und sah sich um, incognito, nach einem Zeichen,
Das Halt gab, unterwegs durch Raum und Zeit.

Dann war da was, vielleicht in Marmor eine Rundung
Von einer Hüfte, einem Weinblatt, und er nieste,
Wie man ein Wort beniest und weiß, man ist gemeint.

2

Properz, der hatte ihn hierher gelockt, Martial.
Ihr Metrum lotste ihn ins alte Rom, Exil der Mythen.
In offne Arme laufend, flugs war er mit Jupiter per Du.

Ich seh ihn noch wie gestern, da am Fensterplatz:
Via del Corso, mit Pantoffeln, Zopf, in Kniebundhosen.
Doch das war später. Rom, von Chronos' Horden ruiniert,
War längst Museum, als derselbe Kerl ortskundig schrieb:

Begrabt mich, wenn ich sterbe, an der Cestius-Pyramide.
Nachts im Hotel, an dünner Wand, war er zur Stelle
Mit seinem Vers wie ein Komplize seit Jahrhunderten,
Wenn da ein Rufinus mit seiner Prodike zur Sache ging.
Das kommt und geht, die Paare wechseln, die Kostüme,
Nur dieser Schaukelton, der liebliche, der bleibt.

Nun bin ich wieder hier, im *Caffè Greco* – ein Tourist.
Studier die Stiche an der Wand, Veduten, und inmitten
Der Piranesis sein Portrait. Nur er kehrt nicht zurück.

Kleinkind in der Schüssel

In einer Reibeschüssel hatten sie ihn beigesetzt,
Unverbrannt, den Säugling, viel zu früh gestorben.
Knöchelchen, erstarrt in einem Fladen Siegellack –
So sieht ein Vogeljunges aus, das aus dem Nest fiel,
Ein kleines Rippenstück, benagt, am Tellergrund.

In solchen Schüsseln rieben sie den Alpenkäse
Und rührten Brei darin und Haferschleim in Raetien.
Den kleinen Toten, von den Ärzten aufgegeben,
Nahm ein Gefäß auf, das gesprungen war im Ofen
Und Risse zeigte wie die kleine, gelbe Schädeldecke.

Not macht erfinderisch. Es heißt, aus Sparsamkeit
Hat hier der Töpfer ein Geschirr zum Sarg gemacht.
Aus dieser Schüssel, unbenutzt, fraß nur die Made.
Die Erde hielt, was sie versprach, den Kalk, den Ton,
Und gabs zurück als sei sie immer noch die Scheibe.

Strophen für übermorgen

Spruchtäfelchen

Draußen die Nacht – im Innern ihr Hall.
So von Geburt an, so wird es sein

In all den Jahren, der Zeit, die dir bleibt.
Zu atmen, zu sterben im freien Fall …

Bevölkert der Erdkreis, keins lebt allein.
Blutiger Irrtum – der Körper. Er treibt

Verrat gegen dich, ein Komplize der Nacht.
Sternklar die Zukunft, die dich nicht kennt.

Überall Nicht-Ich, Welt ohne Rand.
So vieles mißachtet, so wenig bedacht –

Uralter Worte du – flüchtig – Akzent.
Einer von vielen hier, manchem verwandt.

Für die limbischen Archive

Nun gehst du sie bewußt, die alten Vorstadtwege.
Das Licht hat sie, der Arrangeur, zurechtgehext.
Hier lernte man, mit Augen weit, beiseite legen,
Was im Gedächtnisgroßraum wächst und wächst.
Barfüßig war man da zu Hause, sah die Schienen
Der Straßenbahn geschmolzen in der Sommerhitze.
Die Knie brannten nachts von Goldruten, Lupinen.
Das war die Kindheitschronik, in die Haut geritzt.

Was nimmt man mit sich in den nächsten Schlaf?
Nicht viel, ein Inbild für die limbischen Archive,
Das sich als Beute in der Ermitage dann findet.
In jedem Bordstein drohend funkelte ein Epitaph,
Das nichts bedeutet hat dem zeitentrückten Kind.
Und heute trittst du hier die Schuhabsätze schief.

Kindheit im Diorama

Seltsam, als Kind schon zog ihn Erstarrtes an.
In den Museen stand er lange vorm Diorama
Mit den Tieren im Stillstand, natürlich gruppiert
Vor gemalte Fernen, Urwaldszenen und Himalayas.
Wie im Märchen, verzaubert, horchten die Rehe auf,
Trat man im Neonlicht näher mit funkelnden Augen.
Am Schädel des Höhlenmenschen gleich nebenan
Sah er das Loch und vergaß den Keulenhieb
Des Rivalen, den Kampf um die Feuerstelle.
Die ägyptische Mumie hielt Jahrtausenden stand
Mit entferntem Gehirn. Erst beim Schmelzen
Des Ewigen Eises kam dieses Mammut ans Licht.
Die schönsten Schmetterlinge, handtellergroß,
Fand er auf Nadeln gespießt. Einmal schien ihm,
Als ob ihre Flügel noch bebten, wie in Erinnerung
An die gefällten Bäume, den tropischen Wind.
Vielleicht, daß ein Luftzug durch Schaukästen ging.

Turnstunde

Am Morgen hockten wir, als Klasse aufgereiht,
Vor einer Sprossenwand und waren klein
Und hatten Gänsehaut vor Kälte. – »Seid bereit!«

Schrie uns der Lehrer an. Wir nannten ihn *Das Schwein*.
Vor Zeiten war das, Schattenwelt. Ach, so weit fort
Gewünscht hat man sich früh beim Sport.

Nun ist man da: weit fort. Und dreißig Jahre älter.
Das Schwein ist tot. Er starb an Herzinfarkt.
Doch niemals war die Kälte wieder kälter,

Als früh im Turnsaal damals. – »Wer wird stark?«
Der sich am Reck aufschwingt, die Lippen blau?
Der sich zurückzieht in sein Schneckenhaus?

Hippocampus

»– O ma mère Intelligence«
Paul Valéry

Erinnerung, scheue
Freundin, welches der Fenster
Öffnest du heute für mich?

Zu den unmöglichsten Zeiten
Zeigst du, entziehst du dich mir
Dort im milchigen Licht.

Alle Milch war versiegt,
Als sie zum ersten Mal kam,
Und ich schaute ihr nach.

Mutter, da fing es an,
Daß sich die Welt um mich her
Zu verschleiern begann.

Wort für Wort ging es fort
Seither, wenn Erinnerung rief
Nach draußen, nach draußen.

Verschleiert ist alles seither,
Und Bewußtsein das Loch,
Hin und wieder behaucht.

Im Innersten aber wuchs
Etwas Unbekanntes heran, das
Wie ein Seepferdchen sprang.

Die Wachtel

Ach Großmutter, so nah am Wasser gebaut –
Beim Abschied riß sie mich jedesmal an sich
Mit der plötzlichen Kraft der Ertrinkenden,
In ihrer Blumenschürze eine so kleine Person.

Wie bestürzend rasch all das vorüber war,
Die Jahre der Rosenzucht, Jahre am Spülstein.
Sie war die Agile, die Schwatzhafte, Zärtliche.
Als sie starb, war ich wer weiß wie weit weg.

Dieses Ach aber, überhaupt jede Art Seufzer,
Wurde in ihren Kreisen geradezu kultiviert.
Welche Kreise? Die Damen vom Rommé-Club,
Das Kaffeekränzchen jeden Mittwochnachmittag.

Sie schämte sich immer der Stunde Null –
Als Frau, der Russen wegen, ihrer Befreier.

Spätnachts hatten sie ihr die Tür eingetreten.
Die Kinder waren zum Glück auf dem Lande.

Diese letzten Tage des Krieges, sie blieben
Versiegelt ein Leben lang, unter Verschluß,
Wie in der Kommode unten das Bündel Briefe,
Die fleischfarbnen Wäschestücke der jungen Braut.

Fünfzig Jahre lang hielt das Familiengeheimnis.
Kein Sterbenswörtchen, erst kurz vor dem Ende,
In den Wochen der Krankheit packte sie aus.
Großmutter, eine geb. *Wachtel* aus Schlesien.

Die Wachtel, ein Speisevogel zu Goethes Zeiten –
Es hieß, das kommt bei uns nie auf den Tisch.
Heute noch zucke ich manchmal zusammen,
Schwärmt man von Wachteleiern als Delikatesse.

Oder ein Wort weht herüber, eine brüchige Silbe,
Die einen schwach macht, weil sie so vieles enthält.
Überhaupt, die Erhaltungssätze der Sprache …
Dasselbe *Ach* in Fachwerk wie in Kasachstan.

So nah am Wasser gebaut, ich kann sie noch hören,
Ihre Seufzer – die tiefen, die lebenssatten,
Und jene schwachen, behutsam eingeschlagen
Wie in Seidenpapier zwischen zwei kleinen Lachern.

Vocis Imago

Regenlaut, von Kindheit an vertrauter,
Lieber mir als jeder menschgemachte.
Weiß genau, warum man Häuser baute,
Aber unter freien Himmeln lacht.

Bild der Stimme bist du, frisches Echo
Erster Sprachen aus dem Wälderrauschen.
Weit zurück reicht das, in Urmensch-Schwäche,
Als die Worte mit den Tropfen tauschten.

Leise, Regen. Nein, schwatz lauter, lauter.
Seh im Strömen, wie sie früh erwachten.
Bin nach jedem Guß der Welt vertrauter.
Höre, was die Höhlenflüchter dachten.

Siebzehnhundert Gramm

New York, Pompeji, Melbourne, Moskau … Spree-Athen –
So weit, entlaufner Hund, reicht nun dein Hundeblick.
Dem Alltagslicht, du wirst ihm nirgendwo entgehn.
Wo man vor eigner Haustür kehrt, da heißt es *hic*.

Von wegen Heim: »Scheißnest« stand da am Ahornstamm.
Die Motte frißt sich durch, das Laub schwelt hier wie dort.
Der Hauptfeind, überall, wiegt siebzehnhundert Gramm.
Das Hirn, der Eigentümer, unterwandert jeden Ort.

Ach, in Besitz zu nehmen, was doch niemandem gehört,
Den Raum, der wächst und schrumpft mit dem Organ.
Nachts im Hotel, an dünner Wand, nie schlief man ungestört.
An einem Vormittag schien alle Lebenszeit vertan.

Warum, da keine Wette galt, sprang man wie Phileas Fogg
Auf manchen Zug, wo es doch hieß: In Rhodos spring?
Für den Hydranten, stoisch, hinterm nächsten Block?
Für jene Hochhausfront, in der sich ein Stück Himmel fing?

Von den Flughäfen

Dies sind die Orte, die man zielbewußt passiert,
Und denkt sich nichts und schwebt umher: als wär man hier
Nicht fast schon *dort*. Das Tor zum Himmelreich
War dann ein Flugsteig, den man eben noch erreichte.
Rolltreppen gab es, Reisegruppen wogten hin und her
Durch ein System von Röhren. Alles war Transit, Transfer;
Auch das Bistro für einen Cappuccino auf die Schnelle.
Doch nichts hier deutete auf die geheime Schwelle.
Der Blick aufs Paßbild nicht und das Durchleuchtetwerden;
All die Schikanen, Trennungen geschahn auf Erden.
Da waren Schleusen, und man gab den Schlüssel ab, die Uhr.
Die Seele litt, denn jemand fummelte an der Statur.
Im Warteraum, schon unerreichbar, tauschte man die Seiten.
Und zwischen Ankunft, Abflug mischten sich die Tageszeiten
Zu einem allgemeinen Zwielicht, das zum Kaufen animierte.
Der Körper, eh Turbinenkraft ihn wolkenwärts katapultiert,
Vertröstet mit Kosmetik sich, Pralinen, teurem Rum.

Nur Zufall, daß er nicht versiegelt wird, verzollt als Mumie.
Ein Hauch von Babylon weht durch die Hallen. Polyglott
Desorientiert, hat mit den Hinweistafeln mancher seine Not.
An solchem Ort entweicht die Gegenwart wie frische Luft
Und läßt nur Zukunft, die neutral wie Nummern Namen ruft.
Dann sah man sie, durch Panoramafenster groß (O Lord!):
Die Fähre mit den Riesenschwingen, den Transporter.
Die Stewardessen, sibyllinisch lächelnd, abgehärtet,
Die schwarze Bremsspur auf dem Rollfeld. *Viva la muerte*.

Strophen für übermorgen

1

Es ist der vierzigste April, ein Donnerstag.
Das Wetter spielt verrückt, und heiß
Läufts, kalt dir übern Rücken, Kamerad.
Ich bin der Zeuge, nach dem keiner fragt.
Ums Eck die Tankstelle, sie steht verwaist,
Ein Mausoleum für das letzte Emirat.
Die Autos rosten, Busse, Räder abgebaut,
Entlang der Straßen. Ich hab Gänsehaut.

2

Bis in die Fingerspitzen hab ich sie gefühlt,
Die eigne Zeit, die billige, das Interregnum
Der Kleinen Leute. Jetzt ist sie vorbei.
Für alle reicht es nicht, verkündet kühl
Im Nachtprogramm die Elfe und verstummt.
Solange oben, ein Stück Kork, und plötzlich Blei,
Sinkt man hinab, versteht die Welt nicht mehr.
Die Hauptstadt, lichtlos, ein Refugium
Versteinerter Mollusken … Kein Verkehr.
In den Bezirken geht die Leere um.
Und der Erzähler hat, der müde Philosoph,
Den Faden längst verloren und die Frage.
Der Urmensch kehrt zurück in seine Höhle.
Die Amsel, zwitschernd dort im Hinterhof,
Erinnert sehr an Kindheitsnachmittage,
Die lang sich dehnten, zähflüssig wie Öl.

6

Durchatmen sollst du jetzt. Tu so, als sei
Der Tag für dich gestorben und die Welt postum.
Zeit für ein wenig Landschaftsmalerei …
Du hast es überlebt, Freund. Schau dich um
Nach dem, was brauchbar ist und halbwegs heil
Aus dem Schlamassel auftaucht, dem Bankrott.
Von all der Technik blieb – ein Haufen Schrott.
Ein Biotop für Kellerasseln da der Flugzeugrumpf,
Aus dem die Spinne steigt am Silberseil.
Im Grau der Autobahnen künden landesweit
Warnschilder von der Wiederkehr der Rehe.
April. Es regnet, Sonne scheint, dann beizt
Ein Wind das Blech, das kein Kran fortbewegt.
Sei du der Humboldt, der Linné,
Der durch den Sperrmüll eine Schneise schlägt.
Kämm jeden Flohmarkt durch. Kann sein,
Die kleinste Schraube leuchtet schließlich ein.

8

Das Radio meldet heute: Aus dem Orient
Rollt eine Flüchtlingswelle auf uns zu.
Kongreß der Astrologen in Peru. Man sucht
Den letzten Indio, der die Sonnenriten kennt.
Der neue Dalai Lama ist geboren
In einer Jurte in Usbekistan.
Pause. Buddhistenglöckchen bimmeln.
Am Grund des Meeres sammeln sie Mangan
In schwarzen Knollen. Riesenkollektoren
Warten auf Strom aus allen sieben Himmeln.
Draußen vorm Fenster schleicht mausgrau
Bevölkerung vorbei. Ein Menschentyp,
Der nichts und niemandem fortan vertraut.
Im Park die Linden schwanken wie Polypen
Bei hohem Seegang vor der Wolkenwand.
Ein Tiefseereich die Stadt, und dein Revier
Markiert nurmehr der trotzige Hydrant.
Seit gestern wechselt stündlich die Regierung.

12

Es ist der vierzigste April. Bist du bereit
Für die Lektion, fragt aus dem Off
Dich eine Stimme wie den Helden bei Homer.
Die Luft ist rein wie nie. Gelassenheit
Heißt die Devise jetzt, wo weder Hoffnung
Noch Furcht in Gang hält den Verkehr.
Sieh dort den Motorblock, ein Aas,
In das sich Fliegen teilen und Termiten,
Den Autofriedhof zwischen hohem Gras.
Atropos hat den Faden abgeschnitten,
Eh sie im Parkhaus mit dem Lift entkam.
Und lang noch hallte unterirdisch der Beton
Vom Lachen der drei irren Schicksalsdamen.
April, April. Bist du bereit, mein Sohn?

13

Und anderntags? Zeigt der Kalender: Mai.
Man stellt die Armbanduhr auf Sommerzeit,
Telephoniert, als ob da nichts gewesen sei.
Die Zeitung titelt was von Fakten, aufgebauscht,
Und schimpft Experten als Tragödienchor.
Der Asphalt pulst, vibriert. Verlockend rauscht
Die Großstadtmuschel wie gewohnt am Ohr.
Wer kann, nimmt Urlaub, fährt hinaus
Ins Grüne. Wochenende. Auf den Ausfallstraßen
In Richtung Süden kilometerlange Staus.
Da ist es wieder, dieses süße, geile
Gefühl von Schwindel. Zur Museumsmeile
Abstrakter Kunst verzaubert, glänzt die Welt –
Der Globus wie ein Apfel, frisch geschält.

Realito

Schön ist die zwanzigste Stunde. Sie setzt
An den Schläfen ein, wenn die Welle sich bricht.
Wenn in den Abend gleiten urbane Schwärme,
Keiner mehr Klinken putzt, niemand hetzt,
Die Augen glänzen im Scheinwerferlicht.

Verschoben die Grenzen dann der Geduld.
Alltag, die violette Gewitterwand, reißt
Lautlos das Dunkel ein, Abrißbirne, die Nacht.
Weniger drückt auf dem Konto die Schuld,
In Schaufenstern, dämmernd, der Warenpreis.

Straßen, zum Delta verzweigt, schattige Höfe
Locken ins Abseits. Man zögert, erschrickt
Vor den Tausenden Hinterhalten der Stadt.
Im Zoo dort am Bahnhof ein brüllender Löwe,
Verwandelt das Zentrum zum Rotlichtdistrikt.

Seltsam ist, was nun kommt. Sei drauf gefaßt,
Daß da mehr als neun Musen sind, Frau.
Mehr als die beiden Geschlechter auch, Mann.
Ein Drink, und zum Teufel gehn Mythos und Maß.
Mancher ist da, dem vor sich selber graut.

Dann gilt kein Ja Ja mehr und kein Nein Nein.
Gebrochen die schreckliche Symmetrie
All der Fensterkreuze und Kirchturmspitzen.
Die bezwungene Zeit, plötzlich macht sie sich frei,
Fährt dir, Anonymus, in die weichen Knie.

Merk dir – die zwanzigste Stunde ist es. Sie fängt
Im Geäst der Robinien an, in den Mauern.
Wenn eine Gänsehaut über den Bordstein läuft,
Die Gefäße erweitert sind, die Pupillen verengt,
Unterm Fuß die U-Bahn-Tunnel erschauern.

Bayerischer Platz

Die Kirschblüte heute am Bayerischen Platz,
Überwältigend weiß und rosé, beinah japanisch,
Erinnert an einen gewissen Arzt, der hier wohnte.
Die Praxis lag gleich um die Ecke.

Im dunklen Anzug, ich sehe ihn noch, sagt die Alte
Vom Bestattungsgeschäft nebenan zur *Bingo BZ*.
Liebhaber von Schnittblumen und Ziersträuchern,
Zum Beispiel Gladiolen, Ebereschen, Forsythien.

Ein Gentleman, er verschickte gern teure Bouquets
An einzelne Damen, die immer jünger wurden.
Metzgerschädel, und die Lider zumeist auf halb 8.
Er hatte etwas vom Herzog Blaubart.

Aber heute die Kirschblüte, die einen umschäumt,
Kaum taucht man aus kühlem U-Bahn-Schacht auf:
Sie erinnert so sehr an das allgemeine Vergessen.

Kennen Sie *den*? – Ein Mann geht zum Doktor
Und klagt ihm seine Vergeßlichkeit. Der Kerl zittert.
»Irgendwas war da mit Vögeln.« »Ich darf doch bitten.«
»Nicht, was Sie denken, Herr Doktor. Meine Frau,
Ich hab sie, wie sagt man … gespechtet. Zum Kuckuck!«
Die Schwester errötet. Der Mann kommt ins Stottern.
»Befinkt? Nein, geamselt? Ich hab sie – erdrosselt.«

Wie rasch das vorübergeht, herzzerreißende Blüte.
Die Bänke eingeschneit, Blätter gestreut aufs Rondell.
Nur ein Mädchen kreuzt jetzt den Platz, ihm zur Seite
Ein Husky mit stechenden blauen Augen.

Hundstage

Ein Regentag, warm eingebettet in die Sommerwochen.
Die Stadt sinkt, weichgekocht, in dampfenden Asphalt,
Der endlich ausspannt, frei von Autos, vom Malochen.
Wer kann, verpraßt im Süden sein Gehalt.

Jetzt war sie wieder Insel, Niemandsland. Verlassen
Nach all den Shopping-Orgien, Love-Parades die Straßen.

Die Hinterbliebnen stöhnen auf, doch in den Amtsgebäuden
Ist keiner da, der die Beschwerden annimmt. Urlaubszeit.
Die Kirchen leerer noch als sonst, ihr Glockenläuten
Tönt nurmehr leise von Unsterblichkeit.
Das Pin-up-Girl ist nun der Hauptinhalt der Zeitung.
Ein Trupp von Maurern macht Siesta mitten im Zement.
Nur Volontäre halten frech die Stellung in der Leitung –
»Wie Notfall?« »Taxi? Kommt demnächst.« »Wer pennt?«

Noch funktioniert die Stadt – wenn auch wie unter Drogen.
Selbst in den Kneipen geht nun alles seinen ruhigen Gang.
Man fällt ins Bett, kaum hat man sich früh angezogen.
Man atmet flach, schwitzt tierisch, meidet Warteschlangen.

Und dann ein Regentag im Juli. Die Container glitzern
Von dicken, heißen Tropfen. Ist das Bratfett, diese Spritzer?
Die Szenerie wird surreal. Bis auf die Haut durchnäßt,
Sucht man ein Blätterdach und stellt sich schaudernd unter.
Ein Blitz, die Wiese zittert. In der Luft liegt schwül – Inzest.
Und eine Hecke wispert »Du, ich hab nichts drunter …«.

Die Parks verwandeln sich in grüne Tropfsteinhöhlen.
Wo manchmal Kinder turnen in Gerüsten, Rentner joggen
Und nachts am Grill im Mondlicht Fußballfreunde grölen,
Steht man, urplötzlich, Aug in Aug mit einer Riesendogge.
Und kein Besitzer weit und breit … Und diese Bullenhitze.
Der Himmel schwarz. Ein Goldnes Los für einen Knochen!
In grellen Zickzacklinien, greifbar nah, entladen Blitze
Die ganze aufgestaute Wut der Sommerwochen.

Was mit dem Tier geschah? Ein Krachen, und es lief davon.
Die Pfützen ausgetrocknet anderntags. An manchem Tresen
Sprach man von Klimawechsel, von den Löchern im Ozon.
Und im Lokalteil war von dem entlaufnen Hund zu lesen.

Museumsinsel

Für Martin Roth

Hoch steht, unnahbar, der Himmel über Europas Mitte.
Ein Flugzeug ritzt ihn, den frostklaren, wie ein Glasschneider auf.
Unten, vor einer Mülltonne, funkeln Scherben im märkischen Sand.
Mit dem Plan in der Hand sucht ein Tourist den alten Mauerverlauf,
Wo der Spreebogen glänzt. Die Stadt ist längst wieder verkittet.
Hier ist dein Rastplatz. Bis hierher bist du gelangt.

Historischer Boden: man klebt an ihm fest. Von oben erspäht,
Ist das Ganze ein Orientteppich, ein löchriger Filz aus Parzellen,
An den Rändern ausgefranst, immer da, wo ein Wäldchen sich bückt.

Hier und dort ist ein Grünfleck, ein Kanal, ein Ententeich eingenäht.
Erst bei längerem Hinsehen zeigt sich als Muster: die Zitadelle.
Zwecklos die Flucht. Alle Wege führen ins Zentrum zurück.

Eine Prachtstraße ist da, die man besser im Stechschritt durchquert.
Ein Pferd zeigt den Hintern, obenauf sitzt ein König, der friert.
Unter den Linden gleiten, Aquarien auf Rädern, gelbe Busse vorbei.
Jede Haltestelle wirkt, jede einzelne Litfaßsäule streng aufgeklärt.
Ein paar Kabeltrommeln, das Holz von Schneeballtreffern punktiert,
Warten wie Zirkuskamele an einer Ecke. Es schneit.

Und dann sind da Plätze, so verloren und glatzenhaft blank,
Daß der Raum hier gekrümmt scheint. Auf Sockeln im nassen Lehm
Taucht ein Ensemble aus schwarzen Wassern, ein ganzer Areopag:
Schinkels pockennarbige Tempel, ein museales Neugriechenland.
Mittendurch schneiden Gleise, rauscht ein Fernzug, in dem bequem
Ein paar tausend Leute die Stadt verlassen an diesem Tag.

Wohin man sich wendet, Gitter, Geländer. Sie bieten Halt.
Manche Brücke erscheint erst im Wasser gespiegelt stabil.

Eisig der Wind, raschelnd zaubert er ein Stück Zeitung herbei,
Treibt es zäh vor sich her, die übliche Hiobsbotschaft entfaltend:
Etwas von Terror, Kälteeinbruch oder Erdrutsch in der Türkei.
Im Saal der Ägypter döst reglos ein porphyrnes Krokodil.

Dies ist der Ort, wo die Jahre sich gleichen, magere, fette.
Wo man ruhig wird vorm Pergamonaltar wie in Abrahams Schoß.
Wie lang ist das her, die Hochzeit von Musen und Militär?
Was als Imbiß vom Bratrost kommt hier, gilt anderswo als Geschoß.
Nach Stunden hungrig, ist man bereit für die letzte Bulette,
Stürzt sich, dankbar der S-Bahn, in den Abendverkehr.

Dämmerung, und im Tiergarten, schwarz vor dem kahlen Geäst,
Das sind Krähen aus Rußland, eine Mafia robuster Gesellen.
Am Straßenrand kocht ein Höllenbottich die nächste Lage Teer.
Überall Baustellen, daß man längst aufgehört hat, sie zu zählen.
Das Dunkel, ein vollgefressener Python, verdaut Osten wie Westen.
Wie Berlin eine Insel war einst, so lag Böhmen am Meer.

Winterfliege

Spät im Jahr noch setzt sie sich aufs Buch,
Müde, müde ihres Fliegenlebens.
Kam vorm Herbstwind, als Pilotin, zu Besuch,
Stürzte ab und blieb am Tischtuch kleben.

Seither irrt sie nun umher, die letzte Fliege,
Die Gewohnheit hier und Wohnung kennt.
Bös zerzaust, die Veteranin vieler Kriege,
Flügel eingeknickt und Beine abgetrennt.

Soviel Leere ist um sie. So rauh
Weht der Wind in ihrer Schreckenswelt.
Unverständlich wird, was sie berührt, aschgrau.
Schrift, auf die ein Fliegenschatten fällt.

Der Krieg aus der Nähe

»Wer die heutige Welt gesehen hat,
der hat alles gesehen ...«
Marc Aurel, *Über mich selbst*

Alt wie Rom die Luft, an jeder Ecke Polizei.
Früh das Husten klingt wie Zeitungsrascheln.
Da: ein Spatz fährt auf mit einem Kinderschrei.
Kleingeld klimpert in den Manteltaschen.

Schroff der Tag, ein Fest für Tautologen –
Bin ihm ausgeliefert. Hab nur ihn.
Schwamm, mit Ungewißheit vollgesogen,
Stinkt die Stadt aus allen Poren nach Benzin.

Dieser Augenblick, er kennt nur noch Heloten.
Ziellos streunt man, Hund, durchs Stadtrevier.
Terminus, das Stoppschild da vorm Haus, das rote,
Herrscht dich an: ruhig Blut, du stirbst nur hier.

Streusand reibt im Schuh. »Hast du Probleme?«
Zischts am Postamt aus der Menschenschlange.
Isoliert das Hirn, erlaubt kein Abstandnehmen.
Von den Jahreszeiten bleibt – ihr Übergang.

Ungeschützt, dem Satellitenblick erreichbar,
Liegt mein Viertel. Einmal bin ich hier erwacht,
Fand mich körperlos – und federleicht.
Unnahbar, auf Radiowellen, kommt die Nacht.

Das große Weichei

Es war nicht gut, wenn er saß. Man sah dann den weichen
Zug um die Augen, die schlaffen Schultern, die Karpfenwangen.
Im Hauptquartier waren Blumen tabu. Er ertrug keine Leichen.
Mimose hieß er – als Gefreiter im Krieg. Sah überall Schlangen.
Frauen mit Brille waren ihm, Männer mit Tänzerbeinen suspekt.
Alles ein Pack: Psychologen, Leute von Varieté und Ballett.
Sein wahrer Freund war ein Schäferhund. Er wurde gern abgeleckt.
Stundenlang nahm er Paraden ab, eisern, die Hand steif, ein Brett.

Niemals Champagner – die Masse, moussierend, stimmte ihn milde.
Was ein Held war, sah er im Dunkel der Kinos, wieder und wieder.
Siegfried sein Liebling, doch der Respekt galt Hagen, Kriemhilde.
Sein Alptraum – ein Adler würgt ihn mit nassem Gefieder.
Einmal wäre er fast erstickt, in den Schützengräben von Flandern,
Am Giftgas. Niemand soll sagen, er hätte befohlen: »Vergast!«
Er hatte Prinzipien, tödlich die meisten, zumindest für andre.
Choleriker – auf seine Wutausbrüche war immer Verlaß.

Von Anfang an warn ihm die Frauen verfallen – dank seiner Tics.
Der Opernsaal war seine zweite Heimat. Dort ließ es sich weinen.
Isolde, die auf die Rückkehr des Königs wartet, das war Musik.
Das Gerücht ging, im eifersüchtigen Volk, zwischen den Beinen
Sei er ein Krüppel gewesen. Das Löwengebrüll? Alles Fassade.
Er rauchte nicht, trank nicht. Beim Bankett gab er den Vegetarier.
Noch Stunden vorm Ende seine einzige Schwäche war Schokolade.
Verschollen die Leiche, nie obduziert dieses Prachtstück von Arier.

Redakteurin

Fremder sollst du werden ihr, der monomanen,
Mythenlosen Zeit, befahl sie – mit Elektras Stimme.
Ich verstand kein Wort. Sah nur die Lippen hinter Glas,
Ihre Sonnenbrille, hochgesteckt ins blonde Haar.
Türme stürzten, Massen tobten in den Fußballstadien,
Und der Donner fuhr aus heitren Morgenhimmeln.
Attentate, Kinderopfer, alles fand sich nachgeahmt,
Und ein Tag war schicksalsschwer wie sieben Jahre.
Mythen, wozu Mythen? Da ist nichts, was es nicht gibt.
Fakten statt Orakel, blutige, brutale Vorstadtdramen,
Sagte sie. Und ich, der Mythologe, glotzte nur.
Dort der Tausendfüßler auf dem Schlachtfeld Straße,
War er nicht, im Fernsehn Tag für Tag zugegen, stumm?
Einsam waren viele, abergläubisch, wenige geliebt.
Ich verstand sie nicht, Hysterika aus gutem Haus,
Magersüchtig, ihre Schultern tätowiert mit Phrasen.
Racheengel, Großstadtbraut, sie sah zum Fürchten aus.

Was ich bin

Mein Zweifel in der Stunde der Vergeltung,
Wenn sich Bewußtsein rächt für seine Orgien.
Mein Abstand zu mir selbst und allen andern.
Der Schmutzfilm Einsamkeit, genannt die Seele,
Sein Silberschimmer früh am unrasierten Kinn.
Mehr als im Spiegel dies Gesicht, und weniger
Als noch der Hauch, von dem das Glas beschlägt.
Der Traum, sich aufzulösen, zu verschwinden.
Doch nie der faule Trick »Ich ist ein Anderer«.
Sehr oft die Ausgeburt grotesker Phantasien –
Wie wärs mit sechzehn Fingern oder dreißig?
Und erst mit Hundekopf, Anubis im Profil?
Der Funken Selbstmitleid beim Blutabnehmen,
Wenn sich das Rote zeigt, mein Innenfutter.
Mein Widerwille gegen die verborgnen Höhlen,
Am Körper, der Verderbnis brütet gegen mich.
Mein Körper im gestreiften Anzug (Givenchy).
Von hinten der Beschatter aus dem Film noir,

Nicht eben groß, mit einer Zeitung unterm Arm.
An seltnen Tagen ausgelassen, fast schon froh.
Zuweilen Trance auf halbem Weg zu einer Logik.
Im Schnee von weitem eine Himmelsleiter,
Manchmal im Dunkeln ein vulgärer Mund.

In memoriam Max Beckmann

Überquerung der Alpen

Sag uns, was hast du gesehn
Über den Wolken beim Fliegen?
Ich sah Achilles' Muskeln, verkrampft,
Die verlassenen Sonnenliegen

Der Olympier. Auf langen Tabletts
Die Hügel Ambrosia und Kokain.
Und hier und da lag ein Flügelschuh,
Im Schnee verloren beim Fliehn.

Erzähl von den Spuren im Weiß,
Der Umkehr von Oben und Unten.
Das Weiß war nicht weiß, sondern grau,
Der Torso des Helden zerschunden.

Und unten hat nichts mehr entfernt
An Gletscher erinnert und Skigebiete.
So wird sie aussehn, die Erde,
Beim Aufschlag des Asteroiden.

Gib uns ein Bild, wie es war
Dort oben, so kurz vor dem Ziel.
Nichts, es war nichts. Wie seit jeher,
Kaum ein paar Atemlängen Exil.

In den Schweizer Bergen

Das ist die Luft, in der man aufzuatmen lernt
Beim Anblick weißer Gipfel, doch es schmerzt
Wie manchmal Weisheitszähne unterm Kiefer.

Ein Wind, der Tote weckt … Das Kuhgeläut
Trägt weit hinauf, hinab, der helle Glockenton
Des Kirchleins, schokoladenbraun, am Dorfrand.

Von Bach und Wasserfall geht eine Frische aus,
Die schwindeln macht. Das Seil der Seilbahn führt
Direkt durch deine Magengrube himmelwärts.

Der Mensch verliert sich bald, und so der Tag,
Je höher es hinaufgeht in Geröll und Schnee.

Es ist die Stunde, da die Banken schließen
Im Tal, das Märchengold an Glanz einbüßt.
Die Felswand dunkelt, und die Gondeln stehen still.

Der Astronom

Nimm nichts von draußen an, es lohnt sich nicht.
Denn was da draußen geht, kreist nur um sich
Wie du, der nur um sich kreist hier im Innern.
Da ist der Mond, er scheint auf dünnes Eis
Und bleibt doch Mond wie einer, der schon weiß,
Es lohnt sich nicht, die Erde zu erinnern.

Und doch erinnert er sich gut und bricht das Eis –
In Holland gestern oder morgen in Shanghai.
Er ruht in sich, ein Buddha. Und daß Jan Vermeer
Ihn nie gemalt hat, stört so wenig ihn
Wie in Bagdad der Morgenruf des Muezzin.
Sieh ihn dir an: er kommt von weit, weit her.

Er will nicht hoch hinaus. Doch jede Einsamkeit
Von hoher Warte aus, sagt ihm: so soll es sein.
Denn ihr da unten rührt euch leicht zu Tränen.
Die Zeit zu leben, gleich, paß auf, ist sie vorbei.

Und da ist keiner, der sich selbst nicht jederzeit
Verzeiht und scheint und sucht, sich anzulehnen.

Kein Herzenswunsch, der nicht sein Außen hat,
Sein dünnes Eis, die Kindheit, eine Heimatstadt,
Und doch um sich kreist nur. Doch dieses Ich
Ruht nie in sich. Ist niemals Buddha oder Mond.
Es tut nur so, als ob es über allem thront.
Nimm nichts von innen an, es lohnt sich nicht.

Geh aber weiter. Geh nach Holland. Nachts,
Wenn alles schläft, ist dir das Gehen leichtgemacht.
Im Traum, wo Innen, Außen gleich sind, scheine.
Sieh jenen Himmelsglobus, mit dem Jan Vermeer
Im Handumdrehn das Firmament nach außen kehrt.
Die Erde kreist für alle und für keinen.

Exaltationen im Schlaf

Wie tief man sinken kann, kaum ist das Licht
Gelöscht und von den Schultern fällt die Schwere.

So fiel die Rüstung ab von dem erschöpften Ritter,
Der lange mithielt auf dem Fresko Totentanz.

Hoc corpus meum. Unterm Schutz der Nacht
Ist er verstrickt in sich, in Träumen frei, gefesselt.

Von allen Lebenslagen die extremste ist der Schlaf,
Der einen einhüllt, überwältigt und vorübergeht.

Extrem: Im Schlaf kämpft man wie Don Quichote
Mit seinen Träumen, bis der Körper Ruhe gibt.

Im Schlaf, wie viele Positionen nimmt man ein?
Den Fötus, den Gekreuzigten, Laokoon, Gott Shiva.

Steif auf dem Rücken liegend, überfällt es mich –
»Ein Tapir war ich, an den Ufern einst des Orinoco.«

Konversation gegen drei

Das Ich, das hier ich sagt, und das dort hinter der Stirn
Ist nicht dasselbe, Herr Doktor, gewiß nicht dasselbe.
Geht nicht ein Riß aus von ihm durch die Welt?

Sie sind ihrer drei, und keiner weiß von dem andern.
Oder weiß, was er weiß, im stillen Grenzen markierend,
Ohne die es kein Wissen gäbe, keine Welt, kein Begehren.

Es sind ihrer drei. Eines, das Stimme ist, hörbar. Und eines,
Im Kern jeder Zelle. Eines, das aufblüht mit jedem Du.
Es trägt einen Namen, der Einfachheit halber: diesen.

Es trägt ihn und trägt, niemand hilft ihm beim Tragen.
Und doch überbrückt es den Abgrund, Herr Doktor –
Von einem zum andern. Immer geht es aufs Ganze.

Das Kind in der Messe, was denkt es sich, wenn es hört:
Vater, Sohn und Heiliger Geist. Es zählt mit den Fingern.
Cogito ergo sum liest es später. Das ist nicht die Antwort.

Dann bewohnt es die Welt, wird selber Welt, ist sich selbst
Mehr als genug, lernt begreifen, erträgt das Alleinsein.
Es summt vor sich hin, sum-sum-sum, dieses Ich.

Musik löst es auf, weckt die andern, Revolte im Innern.
Mit großen Eulenaugen, fragend, schaut es umher: 1, 2, 3.
Ich sagt es, *ich*. Doktor, wie war noch der Name?

An der Tiberiusbrücke

Für Friedrich Kittler

Lange stand er da, träumte ins Helle,
Geblendet vom istrischen Weiß dieser Quader,
Vom Stein, verwittert und doch frisch wie am ersten Tag.

Tempus fugit? Nicht doch, sie trat auf der Stelle
Hier an der Mündung. Der Fluß, eine abgebundene Ader,
Quälte sich meerwärts, sein Wasser salzig und brack.

Seltsam, sie rührten ihn, diese Bögen.
Fünf steinerne Mäuler, trübe Schlammfluten schluckend,
Seit Tiberius Kaiser war, Christus am Kreuz verzagte.

Er dachte an Roms Kloaken, an Futtertröge.
Daß Fische lang nach der Schlachtung noch zuckten.
Wie im Zirkus der Panther an einem Menschenarm nagte.

Nichts war vergangen. Die Mittagshitze
Im Juli, der Steinmetz ließ wenig übrig von ihm.
Nichts als im Schädel die graue, zerfurchte Materie.

Ein Stoff wie der Stein da, dachte er schwitzend
Beim Überqueren der Römerbrücke von Ariminium,
Die Geschichte nichts anging, Verfall und Verkehr.

»Si me amas«

Für Michael Hofmann

Ihr geliebten Dinge, die kein Blick mehr stört
In Vitrinen – Terrakotten, Tintenfäßchen, goldne Fibeln.
Dieser Silberspiegel hat zu einer Frau aus Kos gehört.
In der Bronzeschale lagen Feigen, glänzten Zwiebeln.

Säulenschaft, um dich strich ein Kinäde, lüstern,
Lang bevor der Wärter schnarchend Platz nahm nebenan.
Eine Vase, aus dem Innern dringt intimes Flüstern –
»Süßer, stoß mich!« »Akte, komm, mir tropft der Zahn.«

Treibgut seid ihr, Kleinkram, den die Erde nicht behielt.
Von den Leibern, die euch an sich drückten, keine Spur.
Daß sie reichlich aßen, sich verwöhnten, wie verspielt
Sie waren, den Besitzerstolz, zeigt die Gravur.

»Si me amas« – mir zuliebe, ritzte jemand in sein Glas.
Frauenhand und Männerklaue: kommt, ihr Graphologen,
Seht den Unbekannten, von der Zeit verschluckt, *en face*.
Psyche ging. Es blieb, aus Stein, der Schulterbogen.

Aktiv

Da sagt jemand Krater, und schon stürzt du hinab.
Ein Wort aus dem Griechischen, Bruchstück, es meint
Einen Krug, in dem mischten sie Wasser und Wein.
Den vulkanischen Abgrund, Empedokles' Grab.

Ein Wort nur, ein Splitter, und du siehst die Sandalen
Am Trichterrand. Starrst durchs Loch in der Schädeldecke
Auf die graue Substanz. – Diese riesigen, fahlen,
Im Mondatlas abgebildeten, pockennarbigen Flecken.

Du hörst nur Krater – es knirscht, und das Ohr,
Aus Keramik und Lavaschutt, zaubert Mythen hervor.
Rotfigurige Szenen mit Hephaistos, dem Schmied.
Oder Hades, der Persephone in sein Totenreich zieht.

Von der Seelenwanderung

Wir standen frierend auf der Engelsburg, und es war März,
Die Luft noch kühl in Rom, da fiel der Name Hadrian –
Der ewig Reisende. Er reist noch immer, ging ein Scherz.
Und du: jetzt ist er angelangt.
                                        Wer war der Mann,
Der da im Keller lag des Monsterbaus? Bei Hofe hinterrücks
Hieß er nur *Graeculus*. Ein Feingeist, der gern Verse schrieb.
Der Tiber unter uns, das trockne Flußbett, Kalksteinbrücken,
Man sah, wie sich die Wasser quälten durch ein Zeitensieb,
Unendlich zäh. Wir schauten weit hinaus aufs Land
Und dachten an den Cäsar, der drei Bibliotheken unterhielt
Damals in Rom. In den Sabiner Bergen, wo die Villa stand,
Und fern in Antium, wo die Mütter Schicksal spielten:
Caligulas Geburtsort, Neros.
                                        Im zerrauften Straßennetz
War noch die Handschrift zu erkennen, der Gedankenstrang
Von einem, der nichts leicht vergaß. Denk nur, zuletzt
Auf seinem Sterbebett, als ihm die Parze an die Kehle sprang,

Hat er gesungen wie ein Vögelchen: von seiner Seele.
Fünf Zeilen lang, in Kindersprache, das wog vieles auf –
Roms Kuppeln und das Pantheon, die Obelisken, Bildersäle,
Und die Geschichte bis zu uns und Papst Johannes Paul.

Wer war der Mann, von dem Spartanius schrieb? Biographie,
Das hieß Triumphzug, Hadrianswall, Plazentaschwamm…
Und Sommer, Krokodile um den Pool. Und wie er schrie,
Als der Geliebte starb am Nil, blutjung, Antinoos. Sieh an:
Der Körper stirbt. Animula weiß nichts davon.
Und hält ein Sternbild, was der Blick hinauf verspricht?
Wer sieht den Jüngling aus Bithynien dort im Flug?
Wir, auf dem Mausoleum oben, sahen fern am Horizont
Die Pinien explodieren.
                                        In den Lüften welche Schicht
War für die Geister reserviert? Und was war Geisterspuk,
Gegen die Vespas, knatternd in den Gassen, das Geschrei
Der Kinder um den Eisverkäufer, monoton, den Baß,
Der aus den Autoradios dröhnte, das Staccato ringsumher?
Die Seelen reiten auf Frequenzen, und Pythagoras

Sah sie in Sonnenstäubchen schweben, formlos, frei.
Was wußten wir von Psyche, von Verschwinden, Wiederkehr,
Ob uns das selbst betraf?
                                        Weit war das hergeholt,
Und so frivol. Wer waren wir? Zwei Liebende in Rom
Mit einer Schwäche für dasselbe E in Ehe wie in Ewigkeit.
Beim Goldnen Meilenstein war es, am Fuß des Capitols,
Daß wir uns schworen: ja, wir werden wiederkommen
Mit andern Namen, neugeboren, zu gegebner Zeit.
Nichts drängte uns. Die Luft war kühl. Was uns betraf,
Da auf der Engelsburg, wir schauten staunend in die Runde,
Dachten an Hadrian, den Imperator, seine Wanderschaft,
Wohl wissend, niemand suchte uns in dieser Frühlingsstunde.

Auf der Akropolis

»Aber bist du mir jetzt näher und bin ich es dir?«
Friedrich Schiller

Er war nie hier. Auch diese nicht, und der und jener –
Die Kleinstaatdeutschen mit dem Herz in Griechenland.
Bis nach Sizilien kamen sie, Bordeaux. In Jena
Durchdachte einer, was er seit der Schulzeit kannte,
Und blieb doch fern. Wie Diener tuschelnd vor der Tür,
Berieten sie, die Kenner, sich in Philosophensprache.
Die Steine, von Touristen, Kodakjägern heut berührt,
Sie sind noch da, streng numeriert, gefallne Pracht,
Und schweigen doch, die Säulen, abgewetzt, die Stufen.
Nur einer hat ihn noch gespürt im Leib, Apollons Schlag.
Ein Andres immer suchend, darbte er, an fernen Ufern.
Ein Tempelberg, und ringsum Reisebusse, Tag für Tag.
Die Väter schwärmten, heimatlos, und der verlorne Sohn,
Vom Zufall hergeweht, kommt eines Tags dort oben an.
Was er da sieht, verstört, ist das von alters her Gewohnte:
Den Müll, ein blaues Kleid, die Biene überm Thymian.

Repoussoir

Für A. S.

Was sagt die Stille in Museen, Sterbezimmerstille,
Darüber, wer in Himmelsfluren aus und ein geht tags?
Die Geister, ungerufen kamen sie, nun sind sie fort
Und ließen nichts als etwas Streusand für die Augen.
Ein Tintenfaß, ein Manuskript, ein abgewetztes Sofa,
Die Locke unter Glas. *Trompe-l'œil, trompe-l'œil!*
Wer weiß noch, wie dies alles einst zusammenhing,
Und wie es sich verteilte dann auf Tausende Gehirne,
Dies etwas, das hier anfing in so schlichter Kammer?

Nun ist es da und nicht mehr fortzudenken. Es ist da,
Wenn auch unfaßbar, in den stumpfen Glanz gehüllt,
Den Totenmasken haben, ihre leeren, weißen Augen.
Er tut dir leid, der kleine Sekretär aus Birnenholz,
Und auch das Stehpult dort. Doch schon der Spiegel,
Erblindet mit der Zeit, kann gut auf dich verzichten.

Dabei bist du der Sandmann, der Verständnis streut
Im Vordergrund. Du bist das Medium, der Notar.
Denn ohne dich kein Atelier, kein Altar, kein Altan.

Simsalabim! – Wo du bist, konzentriert sich alle Zeit
In einem Aussichtspunkt auf die Jahrhunderte davor.
Dein Herzschlag auf der Schwelle sprengt den Raum
Und weitet ihn und steigert erst die Tiefenwirkung.
Da ist das Bett, in dem starb einer, den sie alle kennen,
Die Decke aber, glattgestrichen, zeugt von Nirgendwo.
Sitzt er jetzt dort und schreibt den nie geschriebenen
Roman vom Weltall? Still die Steine streichelnd, du –
Im Vordergrund, liest ihn, als wär er längst vollendet.

Calamaretti

Für Martin Mosebach

He, ihr munteren Meeresfrüchtchen, so zartgliedrig, weiß,
Unter den Tintenfischen die allerfeinsten und kleinsten:
Kopfüber seid ihr ins Netz geschwommen. En masse
Zog man euch aus der Tiefe, ihr pfeilschnellen Taucher.
Elend, in Ringe geschnitten, liegt ihr nun auf dem Teller
In einem Nest aus Spaghetti, Fusilli und Linguine,
Die letzte Station eurer Reise ein italienisches Restaurant.

Scusi, ihr Tierchen! Schaut mich nicht so vorwurfsvoll an.
Was kann ich dafür, daß ich Hunger hatte und las
In der Speisekarte die appetitlichen Silben: Ca-la-ma-retti?
Macht euch nichts draus, ihr Lieben, soweit ich weiß,
In eurem wäßrigen Biotop, in Poseidons wogendem Reich,
Habt ihr niemals die Sonne vermißt. Erst mein Vers
Rückt euch ins Tageslicht, eh euch mein Gaumen berührt.

Mimosen

Manchmal spätnachts kehrt er wieder, dieser eine Tag Rom,
Wenn im Zentrum der Glaskugel das Schneegestöber sich legt,
Deine Finger südwärts gleiten, und meine.
                                                            Das Metronom
Der Stunden setzt aus, und wir sind – in der ewigen Glyptothek.
Noch einmal die Taxifahrt, vorbei an den abgenagten Arkaden,
An Kapitellen, geköpft von der Zeit, Torsi, von Sonne gepellt.
Dann die Ankunft hinterm Rücken klatschnasser Najaden,
Um schließlich einzutauchen in Berninis phantastische Welt.
Was es da alles gab! Gazellen in Röcken und hautengen Hosen,
Obelisken, von Elefanten getragen, Marmor, zusammengestückt.
Barocke Wolkenhimmel, die man hier aus Espressotassen trank.
Fliegende Händler verkauften bei Rot an den Ampeln Mimosen.
Ein Tag nur, der bei Berührung schrumpfte zum Augenblick –
Eh wir zwei, eng umschlungen, in den Hotelspiegel sanken.

Bidet

Dies sind die heiklen Stellen. Man tastet sich langsam zurück
Bis zum Vorspann, erblickt hinterm Wandschirm die erste
Nacktheit, mit der es begann: Liebe und Furcht und Entzücken.
Indonesisches Schattenspiel, klare Konturen, bei stark verzerrten
Stimmen (»Noch nicht. Jetzt noch nicht«). So fing alles an.
Zum Frühstück Champagner, Ananas. Eine Wespe ertrank
In der Pfütze Orangensaft zwischen uns, einen Lidschlag lang,
Qualvoll im Sonnenlicht.
                    Und dies Bild hat bis heute Bestand:
Wie sie anderntags wasserspritzend, glücklich und schlank,
Im Bad thront, vornübergebeugt, Göttin auf weißem Bidet.
Sommer, ein Wort wie Scheidenspülung, reiner Überschwang
War, was aus vollen Rohren uns überschwemmte dann.
Wir beide – ein Hauch nur auf einem Berliner Kosmetikschrank.
Die Streifen Gelb, weißt du noch? Am Victoriaplatz das Café?

Sonett

Komm, laß uns Wunden lecken, *frouwe*. Wir verbluten,
Wenn wir so weitermachen, einzeln aufgeschrammt.
Was hilft es, furchtlos sein und daß man sich was denkt?
Zeit schleift uns, macht aus Tagedieben bald Rekruten.
Und kaum wirds blutig, packt uns Heimweh nach dem Schlamm.
So lauscht man nachts sich an den Schläfen, teilt verrenkt
Dasselbe Bett und kann doch nicht Gedanken lesen.
Man kennt nur, zwischen Schenkeln, sie da: die Geschwüre,
So nimmermüd. Der Mensch – ein sexuelles Wesen.
Und immerfort muß man sich, unantastbar, dort berühren.
Denk an den Gallier, der allein beim Sterben saß:
Ein Heldenbild der Einsamkeit. Nicht ums Verrecken
Mit diesem tauschen möchte man.
                                        Ach, ich vergaß –
Du warst längst eingeschlafen, Frau, dich zuzudecken.

Ventilator

Es sind die Lilien, die so stinken in der Nacht,
Daß einem schwindlig wird von soviel Leben.
Wer hat sie aufgeputscht in ihrer Vase?
Warst du das, Chefin, mit geübter Hand?
Die Luft ist dick, von Unheil schwanger.
Der Ventilator an der Decke lange schon defekt.

Der ganze Raum, Berliner Zimmer, liegt betäubt
Unter den Lilienschauern bis hinauf zum Stuck.
Ein Alligator ist der Ventilator, wenn er ruht.
Ein Krokodil, weit aufgesperrt sein Rachen.
Doch wehe, wenn es in Bewegung kommt,
Das Mobiliar und es erbricht sich das Klavier.

Es sind die Lilien ... (Und da hilft kein Aspirin),
Ein Bündel Dolche, die im Wasser faulen,
Bei dieser Hitze wirkt ihr Violett obszön,
Das Schwarz der Blütenstempel unerträglich.
Wie, glaubst du, kommt man jemals wieder raus
Aus diesem Rattenlabyrinth des Sommers?

Wo ist der Helikopter, der uns heimwärts fliegt?
Mit seinen Rotorblättern, Zähnen, Messern,
Aus dem Motorenauge blickt der Ventilator
Auf den Gestank herab, den Nimbus – Leben.
Daß es nicht scheitern kann, das ist sein Fluch.
Es kann und kann nicht scheitern, kann es nicht.

Aroma

Opus incertum

Opus incertum et cementitium: *Römisches Mauerwerk aus Bruchsteinen mit Mörtelguß – hinterläßt den Eindruck einer unregelmäßigen Oberfläche*

I

Woher der Rauhreif am Hosenbein, das Mehl auf den Schuhen,
Daß zu putzen kaum lohnt hier? Woher die pelzige Zunge,
Das Rätsel verschneiter Pinien (mitten im Sommer) und Palmen,
Grau meliert wie die Bärte wilhelminischer Altphilologen?
Durch alle Fenster dringt er, noch in die fernste Vorstadtbude,
Der Staub des Forums, ein Mondstaub anderer Art, aufgewirbelt
Von den Pilgermassen, die zähneknirschend in Rom erst begreifen:
So schmeckt Geschichte.
Dies ist ihr bittres, mehlstumpfes Aroma,
Das die Schleimhäute reizt, auf die Retina einen Schleier legt.
Man lechzt nach Wasser, je mehr man dem Zentrum sich nähert,
Diesem wimmelnden Steinbruch zwischen Kolosseum und Kurie.
Hier blüht das Geschäft mit den blauen Plastikflaschen, hier wird
Zur kühlen Verheißung auf Etiketten der Name *Egeria*. »Frizzante
O naturale?« Einerlei. Her mit dem Rohstoff der Aquädukte!
Der einzigen Währung von dauerndem Wert, dem universalen
Argument römischer Zivilisation, das immer noch zieht.

VI

»Sia ammazzato …«
Goethe, *Das römische Karneval*

Lange vorbei sind die Zeiten der Gänsekiele, des Fackelscheins,
Als bei Einbruch die Nacht auf Ruinen ihre Tintenfässer zerschlug,
Ein Dunkel malend, in dem das Verbrechen gedieh, die gemeine
Schauergeschichte mit Grotten, efeubewachsen, Fledermausflug.
Man denkt an den *bravo*, im filzigen Umhang den Messerstecher,
An Winckelmanns Tod in Triest, fern von Einfalt und Griechengrazie.
Mord trennte Remus, Romulus schon, und *mars ultor* (der Rächer)
War der Gott aller Bürgerkriege seit Cäsar. Die Leichen im Keller,
Die Hohlräume, Hinterhalte gaben der Stadt dies Furchteinflößende,
Von dem die Ausländer raunten.
Erst heute, elektrisch erhellt,
Sind die Nächte geregelt, auf brausenden Corsos die Todesraten.
Etwas ist anders, seit auf dem Forum keine Kühe mehr weiden.
Niemand auf eigne Gefahr mehr durch Flavias Schlafzimmer steigt.
Anders die Lichtshow am Kolosseum, der übertriebene Schatten
Des Operetten-Gladiators, und die Römer sind alle verkleidet …
Nur die Steine brüten nach alter Devise: Latein oder Schweigen.

XIII

(Kleiner Sonnengesang)

Was brütest du heut wieder aus, pinienverliebte Sonne,
Fragt sich, nach Wochen der Übung, der Novize in Rom.
Steigst auf den Palatin in energischen, samtenen Schritten,
Die viel Staub hinterlassen und kleine Geröll-Lawinen.
Zündest die Obelisken an, diese Sonderlinge vom Nil,
Steinerne Trägerraketen mit ihrer Botschaft für keinen.
Glücklich die Vögel, die sie als Aussichtspunkt nutzen,
Um dir zu folgen bei deiner flammenden Offensive
Über Kuppeln und Baumkronen hinein ins Häusermeer.
Auf jeder zweiten Säule thront eine Möwe, das Gefieder
Vom Wind aufgeschäumt zum korinthischen Kapitell.
Sie rufen dir nach, was sie immer rufen, ihr *Ra, Ra, Ra* …
Den ältesten Namen. Doch was schert dich das schon?
Du läßt sie rotieren, alle. Lieferst stumm das Gehackte.
Machst hier ein Kirchlein hell, sprengst da einen Tempel,
Öffnest die goldenen Fensterläden römischer Häuser.

XIV

Morgens ein Unfall: zwei *motorini*, grotesk ineinander verkeilt,
Die Lenker verhakt, Fangwerkzeuge der Kopfabreißerin Mantis.
Die breite Kreuzung vor dem Tor Michelangelos ist nun blockiert.
Alles schimpft, das Gehupe schwillt an zur futuristischen Sinfonie.
Grimassen im Stau, die Atmosphäre geladen, und kein Mitleid
Mit den beiden am Boden, Gladiatoren in schwarzen Helmen,
Die verkrümmt auf der Seite liegen. Dann kommst du vorbei,
Siehst, was du nie sehen wolltest, überrascht von der Plötzlichkeit
Dieser Szene, die alles scharf stellt, die Farben häßlich intensiviert.
Reines Naturgeschehen, doch diesmal mit Kiosken, Autobussen,
Ampeln, die sinnlos weiterschalten, Blechschrott auf dem Asphalt.
Ein Carabiniere fordert Verstärkung an. Es fehlt an Ärzten –
Oder Engeln, die still durch Mauern gehen. Statt dessen drängen
Zeitungsverkäufer herbei, Scheibenputzer und Spielzeughändler:
Das Heer der kleingeldsammelnden Bienen, die manchmal stechen.
Dann kommt die Sonne heraus. Rom steht in Flammen. *Aiuto!*

XXIII

Vorm Lyzeum »Julius Cäsar« hockt eine Mädchenbande. Sie blasen
Den Rauch ihrer Zigaretten gekonnt drachenhaft durch die Nasen.
Stark sieht das aus. Paßt zu den weißen Vespas, den Sonnenbrillen.
Nicht auszudenken, was die Stadt vorhat mit ihnen. Im stillen
Brütet jede ihren Kummer aus, groß wie der römische Tag.

Immer im Juli erscheint er uns wieder, ein Name. Und keiner mag
Die Geschichten mehr hören. Als gäbe es irgendein Leben,
In dem der Würfel nicht fällt, der Rubikon nicht überschritten wird.
Pubertät: Achterbahnfahrt der Gefühle ... Die Stimmung heben
Kann nicht einmal Rom, das von Formen, Farben, Aromen pulsiert.

Jedes Viertel hat seine Markthalle. Dort liegt alles zuhauf, was
Natur einem Volk von geborenen Gastronomen nur auftischen kann,
Tomaten und Trüffel, Trauben usw. Sie aber lägen lieber im Gras,
Ließen über sich Wolken ziehen und vergessen Test und Diktat.
Gleich ist die Pause um. Was interessiert sie der große Mann,
Der kam, sah, siegte und doch zugrunde ging am gelobten Verrat?

XXX

Stell dir vor: sie haben die Venus verbrannt, den Adonis
Kopfüber in ihre Öfen gesteckt und zu Kalk reduziert.
Tag und Nacht standen Mäuler offen, ist dem Moloch
Geopfert worden, das ganze Mittelalter hindurch.
Rom wäre von Statuen voll, jeder könnte sein strenges,
Älteres Double wählen aus einer weißen Geisterarmee,
Hätten nicht Bäcker den Marmor Carraras verbraucht
Für ihre Hütten, ärmliche Mürbeteigkonstruktionen.
So mancher Hermaphrodit wanderte unbeweint
In die Gruben, sein Brand gelöscht wie das Gesicht
Mit dem feinen, zwiefach wissenden Lächeln im Schlaf.
Amputiertes nur wurde, später, in den Kirchen verbaut …
Daher der Riß durch den Stammbaum, der Pillenknick
In den Filiationen des Schönen. Daher das dankbare
Staunen, wenn wieder ein Musentorso, Maecenas-Kopf
Ans Licht kommt, amnestiert von der heidnischen Erde.

XXXIII

Unheimlich die Stille Roms im August. Sind wir die letzten Menschen,
Die den Aufruf verschliefen »Die Stadt wird geräumt«? *Termini* heißt
Das lokale Nadelöhr, durch das die Massen sich zwängen. Der Name
Steht für den Endpunkt – im Raum wie in der Wildnis der Sprache.
Terminus hält die Stellung, wenn Sonne auf alles ihr Eigelb schmiert,
Die Veduten verstauben, und aus den Säulenbasen wird Gorgonzola.
Er setzt die Grenzen, regelt Verkehr und Verhalten, diktiert nebenbei
Die Gezeiten der Großstadt, den Ausbruch von Urlaub und Produktion.
Selten wird eine Geliebte brutaler verlassen als Rom in den Ferien.
Wer hält noch zu ihr, wenn Sommer anderswo spielt, die Stadtmaus
Zur Landmaus wird und zum Lemming, der fortstürzt an ferne Küsten?
Schade, es gibt sie nicht mehr, die Divertimenti auf der Piazza Navona,
Wo die Kutschen durchs Wasser kurvten, von Reifrockdamen beklatscht.
Schluß mit den spritzigen Rokokospäßen, statt dessen jetzt Freiluftkino,
Tenöre in Römerkulissen, Feuerschlucker nachts vor den Palästen,
Die düster dem Exodus trotzen wie den Termingeschäften ihrer Besitzer.

XXXV

(Tanz der Vampire)

Abscheulich sind diese Mücken. Wie Junkies verschämt
Nähern sie sich, von Aromen gelockt, aus dem Off
Mit ihren dünnen Kanülen, niemals je desinfiziert.
Beim geringsten Luftstillstand sind sie da. Ihr Gesumm
Scheint von überall her zu kommen, direkt aus dem Ohr.
Keiner mag sie, diese Geister der städtischen Tümpel
Und großen Kloaken, die man hektisch erschlägt
Wie vorzeiten den Überbringer der schlechten Nachricht.
An der Wand der Schmierfleck erinnert an sie, die Spur
Vom Gemetzel im Weiß der jungfräulichen Laken.
So tauchen Untote auf. Aus welchem Kapitel
Im Sueton oder Tacitus kroch dieser Insektenstamm,
Bei dem die Weiber mit Blut sich dopen zum Eierlegen?
Degenerierte Geschlechter, die noch die ärmste Taverne
Zur Nacht heimsuchen wie die Brut reicher Römer,
Wie Othos Saufkumpane die Straßen unsicher machen.

XLI

Beim dritten Meilenstein war es, unter den bleichen Ochsenschädeln
Am Grab der Metella, daß Zeit ihre Streiche spielte. Regen
Hatte das Pflaster poliert, den Travertin am Turm blank gewaschen.
Nun war der Himmel erhöht. Fern wuchs aus den Wolkenzügen
Eine neue Trabantenstadt, älter als *Roma aeterna*, futuristisch-antik.
Aus ihr traten Riesenskulpturen, die sich als Kinomonster erwiesen:
Farnesische Stiere, ein Herkules, der als King Kong weiterstürmte,
Bevor ihn ein Flugzeug durchbohrte auf seinem Weg nach Ciampino.
Am Boden rückten Ameisenheere einem Nestling zu Leibe, der dort
Über Bord gegangen war, sehenden Auges.
                                                                        Ein japanisches Paar
Suchte ein Photomotiv, wie Goethe vorzeiten den Ort zum Zeichnen.
Groß war die Welt, ruhlos bis zur letzten glitzernden Fahrradspeiche,
An der man sekundenlang hing. Dann kam die Lerche, brachte alles
Ins Lot mit ihrer Flugschau über den grünen Totenäckern ringsum –
Roms rauhe Geschäfte, die Verwüstungen, die noblen Mementos
In Stein, und diesen Dienstag Anno Domini zweitausendneun.

LIII

Gib mir, der ich über die Erde irre,
einen glücklichen Hafen.
Proklos, *Hymnen* 7,35

War dies der Hafen, den er schließlich fand? Am Tiber,
Der so nicht hieß zu seiner Zeit, ein ruhiger Landeplatz?
Ein Sarkophag zeigt den Moment: Odysseus entert Rom.
Aufrecht am Heck, der König der Vertriebenen, Durchtriebenen –
An seinem Kegelhut aus Filz erkennbar, und mit einem Satz
Ist er am Ufer und der neue Herr des Stroms.
Denn das war seine Art: Geschichte auf Kommando
Herumzureißen wie ein Ruder. Die Gefährten schauen,
In Ostia landend, auf und finden eine Marmorstadt
Mit ihren Tempeln, schiefen Türmen, Toren in der Hand
Von nackten Göttinnen und Riesenfrauen.
Eroten schaukeln ihren Babyspeck, das puttige Abdomen,
Auf kleinen Barken oder tauchen, eine fröhliche Eskorte.
Der Flußgott reißt den Mantel hoch, und als ein Omen –
Zu bleiben, schwirrt ein Adlerpaar gen Himmel: Dies der Ort,

An dem die Reise enden soll. Und Ariadne hat
Den Fuß ans Steuerholz gestemmt und stoppt die Fahrt.
Jetzt ist er da. Ist angekommen, fern von Ithaka
(Wo keiner ihn mehr kennt und niemand ihn erwartet)
In einem rauhen, vielversprechend räuberischen Land.
War dies der Hafen, den er schließlich fand?

Tänzerin in Tivoli

Schweigend hatten die beiden den Venus-Tempel passiert,
Das Griechische Theater links liegengelassen, nun trat
Das Paar durch die Mauer der Stoa, die so abgeschürft, staubig,
Dem Wall eines Wüstenforts glich. »Die Tataren kommen«,
Scherzte er. »Die Tataren waren schon da«, sagte sie trocken.
Und gemeint war die Leere, ein tyrannisches *Open Air*,
Wo nackte Athleten sonst knieten, Antinoos Trübsal blies.
Dann gingen sie weiter, vorbei an Nymphaeum und Fischteich,
An den Kasernen der Wachmannschaften bis hinunter ins Tal.
Dort tat ein kleines Ägypten sich auf um ein Wasserbecken,
In dem Eichen sich spiegelten, riesige, breit ausladende Pinien –
Imitation jener Anderswelt zwischen Memphis und Elephantine:
Ein absurdes Ägypten, das mit Silenen protzte und Amazonen,
Sein letztes Belegstück ein zerbröckelndes Krokodil aus Beton.
Da fing es zu nieseln an, und sie setzte sich unter den Schirm
Einer großen Olive, schlang den Schal um den Kopf und las.
Er aber fing zu streunen an, trieb sich bei den Latrinen herum,
Kratzte an Säulenschäften, spuckte vor seinem Schatten aus.

Unterm Schritt knirschten die römischen Mosaike, brachen
Vom Rand her als marmorne Zähnchen aus, achtlos verstreut.
Lange stand er im Dunkel eines Riesenraumes, von dem man
Nicht wußte: ein Speicher? Turnsaal der Prätorianer? Horchte
Auf sein Herzklopfen, die Stille verlassener Zeiten, den *Äon* –
Ein Wort, außer Gebrauch, das ihm von Zeit zu Zeit imponierte.
Geplündert die Erde hier, aufgehackt, durch und durch gesiebt
Von Grabräubern, Kunstjägern, Archäologen und Architekten:
Sie erinnerte ihn an die Nase des Erstbesitzers der Mustervilla,
Ein Stück Marmor, weggefressen von den Zähnchen der Zeit.
Als wären Piranhas am Werk gewesen, exotische Saxiphagen,
Wesen, die hier herumspukten, niemals auf frischer Tat ertappt.

Und weiter ging er, vorbei an den kleinen, den großen Thermen,
Wo er ein Plätschern hörte, einen letzten fallenden Tropfen
Hoch aus dem Gegenwartshimmel über den morschen Kuppeln.
Hier holte ihn das Persönliche ein, das Relative, Intime –
Lauter Schlüpfrigkeiten, Trostspender seit zweitausend Jahren.
Zwischen den Ruinen, die ihn kaltließen, tanzten noch immer,
Unbekümmert wie Mücken im Sommer, obszöne Sprüchlein.

In der Luft lagen billige Verse, Priapea, vulgäres Latein –
Über den unkrautgesäumten, grasüberwucherten Grundrissen
Für noch jede Architektur, die ihm bis hierher begegnet war
In Europas gealterten Metropolen, den Kapitalen Amerikas.
Er ließ die Rotunde beiseite: kein Blick für das Glanzstück
In diesem Palast der Paläste, folgte statt dessen dem Pfad
Hinüber zur Akademie und hielt Ausschau nach etwas,
Das er die ganze Zeit schon vermißte. So kam er im Bogen
Zurück zu ihr, die sich eben erhob, in einer halben Drehung
Der Hüften verharrte, ihn ansah wie nach langer Entwöhnung:
Sie, die wenig mehr auf der Haut trug als dieses rote Kleid.
Es wurde ihr kühl.
                    Weshalb sie es plötzlich eilig hatten,
Den Ort zu verlassen, die Toteninsel vor Tivolis blauen Bergen.
Sie verflochten die Hände, im Rücken die Allee der Zypressen,
Und gingen Seite an Seite die unterirdischen Wege zurück.

Römische Häuser

Fassaden gibt es da, brutal wie Kriegerfressen,
Von Abessinien träumen sie für alle Zeiten.
Und andere, mit kantig vorgebauten Erkern,
Erinnern an das stumpfe Kinn des Imperators.
Stirnfalten unterm Stahlhelm sind am Giebel
Im Sonnenlicht die bronzenen Liktorenbündel.

Dann gibt es welche aus poliertem Travertin,
Wie zarte Rindfleischscheiben elegant gemasert.
Das sind die Bankfilialen, Assicurazioni: Bauten,
Die aus den dunklen Zeiten hell herüberstrahlen,
Die Fenster eingefaßt, die hohen Eingangspforten.
Hochstapler sind es mit dem Ruf solider Perfidie.

Mir aber sind die Mietshauskästen lieb, in Ocker
Und Terrakottatönen mit den grünen Dachterrassen.
Sie singen von den Tagen trübsinniger Notare,
Den Zorn der Übermütter in den Einbauküchen.
Der Traum des biederen Faschisten waren sie,
Sowjetische Chimären eines Capri-Sommers.

So kurvenreich sind viele Straßen, und so gern
Gibt manche hier die Serpentine, die Hyperbel,
Daß sie die Häuser von den Hügeln mit sich reißen.
Etwa die Futuristen-Yacht und den Palazzo-Bunker,
Granitgrau die Kommode mit dem Wellenschliff,
Davor, ein erster Tropengruß, die Fächerpalme.

Agave

Im grünen Schwerterbündel der Agave
Wird der Schwur der Horatier Natur.
Die Legende vergeht nicht. Sie kehrt
An den Ursprung zurück, überwintert.

Hartlaub schneidet die Luft in Segmente,
Schafft um sich eine gewittrige Zone.
Hitze macht aus den fleischigen Blättern
Blech, das sich unter der Schere rollt.

Absurd ist die stachelgespickte Klinge,
Pompös die Askese, der Widerwille
Gegen jedes frühlingsgrüne Lamento.
Kein Waffenstillstand löst ihre Starre.

Eine Agave stirbt nicht an einem Frost.

Verstreute Gedichte

Astronaut im Oktober

Er war weit draußen, wochenlang im Schwerelosen,
Wo er nicht heimisch wurde zwischen Kabeln und Modulen.
Hamster im Laufrad auf milliardenteurer Raumstation,
Trieb ihn ein Wort nur um: Mission, Mission.

Nun kehrt er wieder in die Welt, so wie sie ist. Verlebt,
Und kein Stück besser als die Welt, die er verließ.
Ein Riesenabflußloch für jede Form von Wissen, Güte,
Ein Krisenherd mit fünf ungleichen Kontinenten, Inseln
In einem Meer, das sich nicht schert um Festlandsleben.

Im Nacken sitzt ihm noch die Leere dieser kalten Räume –
Da wärmt ihn ein Oktobertag. Er fühlt sich frei, erleichtert
Hier unten vor dem Rechenzentrum, bei den Teleskopen.
Er nimmt den Weg nach Hause, nimmt ihn querfeldein.

Im Kolonnadenhof

Für Norbert Hummelt

Berlin, die Kälte und die Bogenschützin
Vor Stülers Tempelbau: Was will die Frau?
Sie hat den Rücken durchgedrückt, die Knie,
Und zielt hinüber in den Kolonnadengang –

In eine unbestimmte Ferne, bis die Russen
Mit der Kalaschnikow die Säulen schänden.
Sie schoß den Pfeil nie ab. Ihr Bronzeleib
Weiß nichts von Einschußlöchern, Feindberührung.

Was immer hier geschah, sie spürte nichts
Vom Zittern der Membranen, Führers Furor
Im Rundfunk und vom Marschtritt der Kolonnen.
Sie war die Meerjungfrau im Ozean Berlin.

In ihren toten Augen spiegelt sich, was so
Nie wiederkehrt: der Winter der Geschichte.
Der Kalte Krieg danach und jene leere Seite
Im Tagebuch der Anonyma, die es traf.

Libellen in Liberia

Für Jochen Lempert

Das ist das Wunderliche hier am Sein:
Man sieht nur immer engvertraute Lebensformen,
Fauna und Flora vor dem Küchenfenster,
Beim Waldspaziergang und am Badeteich.

Und doch gibt es Libellen in Liberia. Sie leben da
In ihrem grünen Diesseits einen andern Tag.
Aus Dschungeltiefen, die kein Fuß erreicht,
Werden, wo sie als Jadesteine landen
Auslagen eines Juweliergeschäfts.

Dir aber ist der Feldweg vor der Stadt
Gegeben mit dem Löwenzahn, der Maus –
Das *eine* Diorama, ausgepinselt bis zum Horizont
In den vertrauten, leicht gedeckten Farben.
Aus nächster Nähe: Dürers Rasenstück.

Woanders spielen sie in Pink und Feuerrot
Natur als Pflanzenrachen, der selbst Fleisch verschlingt.
In Extragrößen wuchert da, verschwenderisch an Zahl,
Was andern Himmeln hörig, surrt und saugt.

Die böse Schwellung und das Tropenfieber
Sind der Beweis: Wir teilen nicht denselben Laderaum
Der Arche Noah. In der Blutbahn rauscht
Ein andres Klima, je nach Sonnennähe.
Fern fliegen Fische durch den Meeresschaum:
Uns bleibt die Amsel und der Sauerampfer.

Inspektor Kobold

Seepferdchen – nicht zu verstehen,
Was er sich dabei gedacht hat.

Schachfiguren aus Früchtegelee
Oder mundgeblasenem Glas?
Immerfort im Profil nur zu sehen,
Traurige Clowns der launischen See,

Machen sie aus Poseidons Wiesen
Eine Spanische Hofreitschule:

Winzige ozeanische Lipizzaner.

Nur macht die Dressur wenig Spaß,
Nach ihren Mienen zu schließen,
Diesem Flötenmaul, leicht pikiert.

Nervt sie die Strömung, der Tang,
In dem sich die Schwänze verfangen?

Aufrecht in ihren Fischbeinkorsetts,
In aschbrauner Weste, auf Inspektion
Durch die algenverdunkelten Flure,

Läßt sie die Sarabande der Seeigel kalt.

Insel ohne Sirenen

Für Alexander Kluge

Da plötzlich sahst du sie, tief unterhalb
Der Küstenstraße, nach der zwölften Kurve,
Mit flauem Magen von der Serpentinenfahrt.
Denn südwärts ging es: dicht am Abgrund,
Die Fenster offen, sausten wir dahin.
Sorrent mit seinen Villen, Fächerpalmen,
Hatte der Seitenspiegel, dieser Ausguß,
In einem grünen Strudel längst geschluckt.
Sie trieb im Dunst, ein rauher Felsenkegel.

Das Meer hielt still. Von Mythen keine Spur,
Bis auf die Yachten, die dort chromverziert
Herüberblitzten. An der weißen Bugwand
Stand dann »Nausikaa« in blonder Schrift.

Wie das Gerücht aufkam, ich weiß es nicht –
Doch hieß es: Das da ist sie, und wir parkten
Im Nirgendwo, am Rand, auf offner Strecke.
Hoch über uns lag ein Orangenhain, entflammt,
Und unter uns, voraus im Blau, die Insel.

Enttäuschend kahl war sie. In dem Geröll
Aus Kalkstein, von der Sonne hartgebrannt,
Wuchs nicht ein Ast mehr für die Kormorane.
Daher das Schweigen, kilometerweit zu greifen,
Daß man an Testgelände dachte, tote Krater,
An die Akustik bombardierter Opernhäuser.
Die fetten Geistervögel mit dem langen Hals
Der Sänger in der Schlußpartie beim hohen C –
Sie waren fortgeflogen, und geblieben
War Mondgestein, das jedes Echo absorbierte.

Wenn kein Credo mehr gilt

Auf einem Ozean der Ignoranz
Treibt der Poet, ausgebootet
Von den Schiffen der Philosophen,
Majestätisch dahin.

In den Wellen verliert er sich,
Findet sich wieder auf hoher See,
Wo das Epos in Trümmer ging,
Von leichten Winden getragen.

Demut hält ihn im Gleichgewicht.
Eine Schwimmblase ist sie
Für die schaukelnde Psyche.
Die blaue Vernunft hält ihn wach.

Majestätisch? Von wegen...
Der finnische Meerbusen schweigt.
Das Gelbe Meer reicht ihn weiter
An die Straße von Malakka.
Die Beringsee weiß nichts von ihm.

Kurzer Bericht an eine Akademie

Wie stellt man jemanden vor, den man nur flüchtig kennt? Mir hat nie eingeleuchtet, warum einem ausgerechnet diese eine Person, nur weil sie immer im Weg stand, bekannt sein müßte. So kann ich bis heute nur sagen, daß ich am neunten Oktober 1962 in Dresden geboren wurde und nachher dort aufwuchs, als einziges Kind junger Eltern.

Vater und Mutter waren 22, als ich mit dem üblichen Geschrei eines Nachmittags aufdringlich zum Vorschein kam, traumatisiert von der Geburt genauso wie jeder andere. Bei dem französischen Dichter Jean-Jouve fand ich Jahrzehnte später ein Gedicht, das mir noch einmal den Schock in Erinnerung rief.

Ich sah eine Lache grünen Öles
Ausgeflossen aus einer Maschine, und dachte lange
Auf dem heißen Pflaster des verworfenen Viertels
Lange, lange an das Blut meiner Mutter.

Was darauf folgte, war eine fröhlich durchlebte Provinzkindheit, wobei mir recht bald der Akzent auf *durchlebte* zu liegen kam, das heißt, die Sache war schneller vorbei als gedacht, und bis heute läßt mich die Gewißheit nicht los, daß in die ausgestreckten Arme, die das Leben umfassen wollen, sofort der Wind fährt und einen weitertreibt, mit dem Rücken zur Zukunft, und eine Lebensphase ist immer großartiger als die vorherige, und somit wächst bald ins Unendliche das Verlustgefühl. Kein Trost kann für mich demnach das Ende sein, nur eine Grenze in diesem infinitesimalen Glück.

Die Provinz hieß übrigens Sachsen, eine alte Kulturlandschaft, aschgrau geworden, darin ein Brandherd von städtischem Ausmaß oder was nach dem Krieg übriggeblieben war von einer Stadt namens Dresden. All die in ihren Mauern empfangene Bildung, die Schuljahre und Bibliotheksstunden, das Abitur und die langen Wanderungen, haben schließlich nur zu dem einen, leicht rachsüchtigen Fazit geführt. In einem Abschiedsgedicht sah ich die Stadt als das, was sie war, ein *Barockwrack an der Elbe*.

So blieb der frühe Wunsch, Indianer zu werden, eine Anfälligkeit für das Nomadische, die schon so viele Sachsen getrieben hat – ebenso wie der Hang zur Hochstapelei, die das Fortleben der Träume sichert, bis hinein in die Niederungen des Erwachsenenlebens. Als aus den Träumen nichts wurde (sich im Jahrhundert zu irren, ist typisch für Leute aus diesem Landstrich), wollte ich Tierarzt werden, mit Afrika als neuem Schauplatz für mein Berufsziel. Doch die Realität eines Alltags als Veterinärmediziner, im Beratungsgespräch drastisch ausgemalt, hatte mich so sehr erschreckt, daß ich enttäuscht davon Abstand nahm; die Serengeti mußte ohne mich sterben.

Es kam wie es kommen mußte, ich blieb in der Enge, im Schatten einer Chinesischen Mauer, territorial eingeschränkt auf einen Raum, der nur wenig größer und für Fremde kaum weniger unheimlich war als etwa Albanien. Und eines Tages, urplötzlich und unangekündigt, begann ich Gedichte zu schreiben, wie jemand, der sich einer eigenen Sache zuwendet, nachdem er gemerkt hat, daß die aller anderen ganz gut ohne ihn auskommt. Novalis und Hölderlin sind die ersten Ahnen gewesen – des einen *Blütenstaub* und der verstörende Lockruf seiner *Hymnen an die Nacht*, des andern *Gebet für die Unheilbaren*, sein verwüsteter Götterspielplatz. »Wie Bäche reißt das Ende von Etwas mich hin, welches sich wie Asien ausdehnet« – Zeilen wie diese überrollten mich, bevor ein Verständnis sie auffangen konnte. Mit siebzehn lieh mir ein Freund ein zerfledertes Taschenbuch der *Cantos* von Ezra Pound, und damit nahm das Unheil erst seinen Lauf. Seither schreibe ich in einer Erwartung, die gleichzeitig rückwärts- und vorwärtsgewandt ist, und dieser unmögliche Zustand, einige Atemlängen zwischen Antike und X, läßt sich nur aushalten, indem ich mich langsam und zeilenweise meiner Stimme vergewissere, dieses Körpers und dessen, was sich im Innenohr fing.

Eines Tages, und es war nicht im Traum, stellte ich mir meine zeitliche Lage paradox als die eines Schwimmers vor, eines Schwimmers im Rückstrom, der aus der Zukunft kommt.

Kein Wunder also, daß mir vieles nur Anlaß wurde, Sensation und persönliches Chronogramm. Immer seltener kam es mir in den Sinn, gegen das Zeitgeschehn Einspruch zu erheben, seit das Begreifen und Deuten mir mehr abverlangte als jedes Meinen und Handeln. Ich habe, so sehr es mich manchmal beschämt, den Zerfall der Diktaturen im Osten tatsächlich als einen Zerfall erfahren, das heißt grundsätzlich passiv, als politikferner Tagedieb, wenn auch mit gelegentlich amüsierter Teilnahme an Kritik und Demonstration. So überwältigend als Erlebnis der Untergang des Sozialistischen Reiches war, ergiebig wurde er für mich erst fünf Jahre später während eines Italienaufenthalts, beim Besuch der Ausgrabungsstätten von Herculaneum und Pompeji. Erst dort sah ich die Wirkung dieser gewaltigen Detonation Zeit, sah das verzögerte Niederregnen der zivilisatorischen Splitter und in der berühmten Katastrophe, in Gegenwart des Vulkans, den Beweis für eine Art gedächtnisloses Gedächtnis – *deus absconditus*, oder wie immer man es noch nennen will. Dichtung, das habe ich immer gewußt, würde ihm auf die Spur kommen, wozu sonst war sie da. Im *Haus der Verkohlten Möbel* ließ es sich innehalten, für Stunden war alle historische Bewegung aufgehoben, beruhigt vor den Wandgemälden in der Mysterienvilla. In diesen kleinen, oft nur schweinestallgroßen Räumen mit ihren hingekritzelten Dichterzitaten, Obszönitäten und dekorativen Malereien fand ich mehr Aufschluß über mein Leben als in allen den Klassenzimmern, Kasernenfluren und Mansarden, an die ich zurückdenken mußte. Damals, beim Anblick des anonymen Freskos mit der Darstellung von Traum und Geburt, den Verstrickungen von Geschlecht und Wissen, Lebensaltern und Jahreszeiten – leuchtete auf, worum es im Schreiben vielleicht, durch alle Aktualität hindurch, gehen könnte. Daß die Motive sich alle, wie im Mysterienfries von Pompeji, wieder versammelten vor Kalliopes Thron, hat mich unendlich ermutigt.

Seit dem entscheidenden Jahr 1989 bin ich auf Reisen. Berlin, die Stadt, in der ich seit zehn Jahren wohne, ist der Transitraum, von dem aus ich den verschiedenen Einladungen folge, es könnte ebensogut auch New York sein, ihr Gegenüber und mein Metropolis seit frühesten Tagen. Ich habe ein Studium abgebrochen und längere Zeit im Theater gearbeitet, bevor es, durch einen Zufall vielleicht, zum ersten Buch kam. Bis heute kann ich nur mit einer gewissen Nervosität zurückdenken an die besondere Wendung, die seither alles in meinem Leben nahm.

Zum Schluß noch, um Mißverständnissen vorzubeugen, eine Art eidesstattlicher Erklärung. Mein Name, so voraussetzungslos seltsam er scheint, ist kein artistischer Einfall. Es ist genau der Name, den das bürgerliche Familienrecht und der Eigensinn meiner Eltern mir nicht ersparen wollten. Daß es Ihnen in den Sinn kam, ihn unter die Namen der Mitglieder dieser Akademie einzureihen, ermutigt mich wie ein Zuruf von unerwarteter Seite. Ich danke Ihnen dafür.

Anhang

Nachwort[1]

»Es war so schwer zu sterben zwischen den Maschinen«

»Was du bist steht am Rand / Anatomischer Tafeln. / Dem Skelett an der Wand / Was von Seele zu schwafeln / Liegt gerad so verquer / Wie im Rachen der Zeit / (Kleinhirn hin, Stammhirn her) / Diese Scheiß Sterblichkeit.« Diese Verse gehören zu den bekanntesten im großen und reichen lyrischen Werk von Durs Grünbein. Sie stehen zu Beginn des Bandes *Schädelbasislektion* (1991) als Ziffer 1 im gleichnamigen Zyklus (in der hier vorliegenden Auswahl S. 32), und ich erinnere mich gut daran, wie rasch sie bei ihrem Erscheinen in lyrisch informierten Kreisen zu einer Art geflügeltem Wort wurden – etwas, das Dichtern heutzutage nur noch selten gelingt: dass ein Vers oder zwei oder eine ganze Strophe sich löst aus dem Buch wie ein eingängiger Liedanfang; dass sie die Runde macht als Formel, Losung, Denkfigur, und somit Stoff für Diskussionen bietet. Warum diese Verse Durs Grünbeins sich in den Köpfen der Leser von Gedichten so einnisten konnten, dass sie weitergesagt wurden, dafür gibt es zwei Gründe, die nur analytisch zu

1 Dieser Text beruht auf einem Vortrag, den der Verfasser am 22. Oktober 2010 bei den Autorentagen zu Durs Grünbein in Schieder gehalten hat.

trennen sind, im Gewebe des Textes jedoch zusammenfallen: Es liegt daran, *was* sie sagen, und es liegt daran, *wie* sie es sagen. Nämlich als gebundene Rede, in einem kurz getakteten, auf den dreifüßigen Anapäst geeichten Metrum, das durch seine Verbindung mit dem Kreuzreim umso markanter ins Ohr geht. Eine Probe klassischer Verskunst, in der der damals 28-jährige Autor ein zeitgenössisches Memento mori formuliert. Eine Erinnerung daran, dass wir alle sterben müssen; die unabweisbarste und meistverdrängte Tatsache menschlicher Existenz als Formel zum Weitersagen; ein Merkspruch, zwar etwas vertrackt formuliert, aber in der Sache eindeutig – oder nicht? Was soll es bedeuten, dass es verquer sei, dem Skelett an der Wand von Seele zu schwafeln: Heißt das nicht schlicht, dass jeder Gedanke an eine unsterbliche Seele Geschwafel, also die Wahrheit vernebelnder Unsinn ist? Diese Lesart will sich aufdrängen. Der feststellend kühle sezierende Blick, den Durs Grünbein ähnlich wie vor ihm der dichtende Arzt Gottfried Benn auf den Menschen richtet, wurde von der Literaturkritik als Ausweis zeitgemäß moderner Haltung gewertet, für die es keine metaphysische Illusion mehr geben kann.

Ich erinnere mich, dass ich mich insgeheim genau damit schwertat, als ich Durs Grünbeins zweites Buch zur Hand nahm. Sein Erstling *Grauzone morgens* hatte mich begeistert, ich gehörte zu den ersten Rezensenten dieses schmalen Bandes, der ein Jahr vor dem Fall der Mauer erschienen war und uns jungen Autoren im Westen ein so starkes Signal aus dem Osten gab. »Plötzlich sind diese Gedichte da, die man sich schon nicht mehr wegdenken mag«, schrieb ich in der Kölner *Stadt Revue*. Die Botschaft der *Schädel-*

basislektion aber traf in mir auf einen Widerstand, so stark mich auch einzelne Gedichte, besonders der Zyklus *Niemands Land Stimmen* (S. 38 ff.), in ihren Bann zogen. Es war keine literarische Reserve, sondern der Vorbehalt des römischen Katholiken, eines Lesers, der einer Kultur entstammt, die seit zweitausend Jahren darauf gründet, von der Seele zu schwafeln, um den Anblick des Skeletts an der Wand ertragen zu können. Also ein völlig anderer Hintergrund, als ihn der gleichaltrige, sozialistisch getaufte Dichter aus dem Osten hatte, dem sein Aufwachsen auf der anderen Seite des Stacheldrahts keine andere Möglichkeit ließ, als eine Poetik des Sarkasmus zu entwickeln, wie er in seiner Frankfurter Poetikvorlesung *Vom Stellenwert der Worte*[2] ausführt. Aus dieser Vorlesung erfährt man auch, dass es der Zyklus *Schädelbasislektion* ist, mit dem er, seiner eigenen Einschätzung nach, seine lyrische Stimme fand, während die Sammlung *Grauzone morgens* ihm eher als unausgereiftes Frühwerk erscheint – besonders wohl deshalb, weil ihr die strenge Handhabung des Verses noch fehlt, die dann zur Basis aller weiteren Bücher wird.

Aber las man eigentlich Grünbeins sarkastische Verse von der Nichtigkeit alles Metaphysischen richtig, wenn man sie auf das wissenschaftliche Menschenbild reduzierte? Es ist ja eine durchaus komplizierte rhetorische Figur, in der der Autor seine scheinbar klare anthropologische Aussage trifft. Das Wörtchen *wie*, das Gottfried Benn eigentlich

2 Durs Grünbein, *Vom Stellenwert der Worte. Frankfurter Poetikvorlesung 2009*, Berlin: Suhrkamp, 2010.

schon 1951 auf den lyrischen Index gesetzt hat, setzt das Urteil über das Schwafeln von der Seele im Angesicht des Knochenmanns in Relation zu einer anderen Aussage. Dass »diese Scheiß Sterblichkeit … im Rachen der Zeit« liegt, dass also unser sterbliches Leben der alles verschlingenden Zeit in den Rachen geworfen wird, kann man kaum bezweifeln; wenn aber dem so ist und auch dieser Gedanke *verquer* liegt, so wie eine Gräte im Hals, an der man sich auf Nimmerwiedersehen verschlucken kann, dann ist – »Kleinhirn hin, Stammhirn her« – auch das Schwafeln von der Seele eine anthropologische Konstante, Funktion unserer Sterblichkeit, und alle Erkenntnisse der Hirnforschung helfen uns nicht darüber hinweg. So erscheinen mir diese Zeilen heute offener als vor zwanzig Jahren. So kann ich sie gelten lassen; sie gehen mir nahe und sie gehen mich an. Dies scheint das Offensichtliche zu sein, was man von Dichtung erwarten kann: dass sie uns auf eindringliche Weise ins Nachdenken darüber stürzt, was es bedeutet, Mensch zu sein. Auffällig ist, dass dieser Versuch in deutschsprachigen Gedichten nicht mehr oft unternommen wird; eine nicht kleine Fraktion von Lyrikern betrachtet die Sprache als Zeichensystem und Material für linguistische Versuchsanordnungen und unterlässt es, Aussagen über den Menschen zu treffen. Die Gedichte Durs Grünbeins aber unternahmen dies von Anfang an, weshalb man an ihnen Anstoß nehmen kann und muss. Am vitalen Aufstand gegen die Sterblichkeit halten sie ebenso fest wie an der sarkastischen Einsicht ins Unausweichliche.

Was mich an Durs Grünbeins frühen Gedichten faszinierte, war das Helldunkel ihrer

Bilder. Sie waren einerseits von tristem Grau, andererseits strahlte darin etwas auf, das nur der Autor hatte sehen können. Durch *Grauzone morgens* gewann ich erstmals ein Bild von Dresden, damals für mich eine ferne Stadt – man vergisst ja leicht, dass es auch für uns im Westen eine Mauer gab, die uns vom anderen Teil Deutschlands trennte und nur unter großen bürokratischen Schwierigkeiten zu überwinden war. Auf einer Besuchsreise im Sommer 1979 war ich bis in den Spreewald und nach Meißen gekommen. Ich erkannte deshalb im tristen Grau dieser Zeichungen vom realsozialistischen Alltag etwas wieder. Doch von diesem Grund stachen nun gestochen scharfe Wahrnehmungen ab, aufleuchtende Details wie eine einzelne silberne Büchse, die schon alles ist, »was dieser Morgen an Schönheit verspricht« (S. 21) oder »dieser träge zu dir / herüberspringende Chromblitz eines / Motorrads« (S. 15) oder jener auf einem Ölfilm ausgesetzte grüne Badefisch, der sich inmittenden anderer unverrottbarer Abfälle an einem kleinen Wehr »zwischen Zweigen schaukelnd / leicht um seine Achse dreht« (S. 30). Es sind diese Bilder, die ich nie vergessen habe und die dazu führten, dass mir Verse von Grünbein in den Sinn kommen, wenn ich manchmal durch urbane Randzonen laufe, wo sich der zivilisatorische Schrott mit wucherndem Unkraut zu Assemblagen verbindet, die man als ebenso trostlos wie romantisch empfinden kann. Dass in solchen Zonen die Epiphanien warten, dass man dort hingehen muss, wenn man Dichter sein will – das leuchtete mir sofort ein. Durs Grünbein bekennt in seiner Frankfurter Poetikvorlesung, dass die meisten seiner Gedichte bis heute draußen entstehen, im Unterwegssein, dass sie sich entzünden an

Einzelworten, kurzen Lautfolgen, halben Zeilen, die im Gehen kommen, irgendwo in der Stadt; sich treiben lassen, mit dem Notizbuch in der Hand, dann die Reinschriften zu Hause am Schreibtisch entwerfen – das ist im Kern bis heute seine Arbeitsweise. Wenn sich auch mit der einmal gefundenen Stimme nicht nur der Ton, sondern auch das Erscheinungsbild der Gedichte seit *Grauzone morgens* stark gewandelt hat und Grünbeins literarischer Ordnungssinn die freirhythmischen, unsystematisch umbrochenen Zeilen des Debüts nicht mehr dulden mag – der unruhige Geist war mit dem ersten Buch aus der Flasche. Ich lese diese Unruhe, die von Anfang an in den Gedichten vibriert und sie von Bild zu Bild forttreibt, als kreatürliche Unruhe, deren letzter verborgener Grund die Tatsache ist, dass wir sterben müssen. Wie es in einem Gedicht von William Butler Yeats heißt: »Und ahnen nicht, was unser Blut / So treibt, ist Sehnsucht nach dem Grab.«[3] Das Schreiben von Gedichten mag man als Versuch sehen, diesem Fortgerissenwerden von der Zeit und dem eigenen Getriebensein die Haltbarkeit der kleinen, in sich ruhenden Form entgegenzustellen.

So sieht es aber nur von außen aus oder im reflektierenden Nachhinein; im rauschhaften Vollzug des Schreibens ist für solche Überlegungen keine Zeit, und in den *Glimpses & Glances*, den polaroidartigen Augenblickswahrnehmungen des ersten Grünbein-Ban-

3 William Butler Yeats, »Das Rad«, übers. von Norbert Hummelt, in: W. B. Y., *Die Gedichte*, hrsg. von Norbert Hummelt, übers. von Marcel Beyer [u. a.], München: Luchterhand Literaturverlag, 2005, S. 238.

des, die mich an Rolf Dieter Brinkmanns *Snap-Shots* erinnerten, ist jedes einzelne Bild auf dem Sprung, ohne zu wissen wohin. Noch weit davon entfernt, dem Tod so klar und sarkastisch ins Auge zu blicken wie wenig später in *Schädelbasislektion*, finden sich in *Grauzone morgens* kleine Gedichte, in denen die Sterblichkeit jähe Blinklichter abstrahlt; in Form eines kurzen Films in Worten wie *Nullbock* (S. 25), wo in der dunstigen Schwüle eines gleichgültigen Sonntags auf einer Straße in Prenzlauer Berg der Schrei eines verunglückten Kindes ertönt, oder als lyrisches Stilleben wie in *Verdorbene Fische* (S. 24), das den Schreck des Betrachters beim Anschauen der Verwesung festhält. Das ganze kurze Gedicht ist in Anführungszeichen gesetzt; es ist also als mündliche Rede zu denken, ohne dass es ein Indiz gibt, wer zu wem spricht. Für eine Mitschrift von Gehörtem erscheint es zu stark literarisiert, die Worte klingen gewählt, fast zärtlich, und die Bitte um Verzeihung für den sinnlosen Anblick der Verrottung ist eine rhetorische Gebärde, die den kruden Naturalismus der bildlichen Darstellung übersteigt. Gerade dadurch aber wirkt das Gedicht so nachhaltig. Seine Sprache ist schöner als sein Gegenstand und genau das zwingt zum Hinsehen, wo man sich eigentlich vor aufsteigendem Brechreiz wegwenden möchte. Ein Verfahren, das wohl an Baudelaires *Blumen des Bösen* geschult ist; mich erinnert es zudem an den Schockeffekt in Schlöndorffs Verfilmung der *Blechtrommel*, wo sich unterm Rock einer Frau der Blick auf wimmelnde Aale auftut. Aber es geht nicht allein ums Bild – es geht um die Stimme, die das Bild aufzeichnet und nach innen trägt, und das ist wohl auch der gestische Sinn der Anführungszeichen.

Der da spricht, auf stilisierte Weise, ist so etwas wie ein kleiner Mann im Ohr, eine von vielen Stimmen im Kopf des Dichters, die sich mit dem empirischen Ich überlagern oder in die es sich aufsplittert. Weil etwas in ihm zu zart besaitet sein könnte, um den ekelhaften Anblick und den Geruch der verdorbenen Fische auszuhalten, etwas anderes in ihm aber genau auf solche Bilder versessen ist, weil der starke Reiz die Voraussetzung ist für die starke Reaktion – das Gedicht. Verfaulender Fisch ist ein wiederholtes Motiv in *Grauzone morgens*. Ein stark riechendes morbides Aroma ist für die Vergänglichkeitsmotivik in den frühen Gedichten charakteristisch, die den Tod mehr wittern als meditieren. In der kriegsversehrten, maroden Barockstadt Dresden war er gleichsam allgegenwärtig; aber es musste jemand kommen, der das so sehen und ausdrücken konnte, gegen jede sozialistische Denkvorschrift und Durchhalteparole.

Irgendwann muss Durs Grünbein damit begonnen haben, Todesanzeigen zu sammeln und aus den Tageszeitungen Meldungen der Rubrik Vermischtes auszuschneiden. Man kann sich zumindest vorstellen, dass er auf diese Weise Material zusammentrug für den Band *Den Teuren Toten* (1994). Bei dieser Sammlung von 33 kurzen Gedichten, die der Autor gemäß antiker Tradition als Epitaphe bezeichnet und, so will es die Herausgeberfiktion, auf einem Dresdner Dachboden gefunden haben will, handelt es sich um mehr oder minder erfundene Nachrufe auf anonyme Verstorbene; lyrische Feldforschung zum Sterben in der modernen Großstadt. Diese Texte beziehen ihre groteske Komik aus dem starken Gefälle zwischen dem ernsten Anlass und dem nahezu heiteren Ton, der allerdings nicht daher rührt, dass sich hier jemand über den Tod lustig macht. Es sind nicht die Todesfälle, sondern ihre routinierte Annoncierung in den Massenblättern, die zum bitteren Lachen reizt. Der Vorgang des Sterbens wird als banal geschildert, so kurios er sich im einzelnen vollziehen mag, weil in der Optik der Medien jedes Leben profan und würdelos erscheint. Rilke beschrieb in seinem Roman *Malte Laurids Brigge* bereits zu Beginn des 20. Jahrhunderts den Verlust des würdevollen Todes als Kennzeichen der Moderne: »In den Sanatorien, wo ja so gern und mit so viel Dankbarkeit gegen Ärzte und Schwestern gestorben wird, stirbt man einen von den an der Anstalt angestellten Toden.«[4] Am Ende des 20. Jahrhunderts wird beispielsweise vor laufendem Fernseher gestorben: »Verwesung und Gestank im Zimmer, / Hinter Gardinen blaues Flimmern, später / Die blanken Knochen« (S. 106). Was hier nach dem Tod noch weiterflackert, ist nicht das Seelenflämmchen, sondern der Bildschirm. Der Unterschied im Ton zu jenem Stillleben mit Fischen ist deutlich. Hier äußert sich keine übersensible Abwehr vorm Schauder der Verwesung; hier hat ein abgebrühter Beobachter das Sterben vor laufendem Apparat zum Anlass für ein gereimtes Gedicht genommen, das von fern an die rabenschwarzen Idyllen Wilhelm Buschs erinnert. Konstant bleibt die Nase als das den Tod am untrüglichsten witternde Sinnesorgan: Der Geruchssinn ist der einzige unserer Sinne, der direkt das Stammhirn reizt. Aus der Ausdünstung verdorbener Fische ist der

4 Rainer Maria Rilke, *Die Aufzeichnungen des Malte Laurids Brigge*, Frankfurt a. M.: Insel Verlag 1982, S. 13.

Odem menschlichen Verfaulens geworden – der Tod rückt näher, könnte man meinen. Gleichwohl hat man den Eindruck, dass aus einem weiten Abstand gesprochen wird, so, als ginge der Tod den Sprecher nicht auch selbst etwas an.

Darin macht sich eine Tendenz in Grünbeins Schreiben bemerkbar, die sich in den folgenden Büchern verstärkt: Der Autor legt eine Distanz zwischen sich und die Dinge, er spricht unter Masken, die ihn weniger angreifbar erscheinen lassen und seinem Sprechen im Gedicht die Autorität neutraler Instanzen verleihen. Dieses Verfahren ist schon aus der Antike geläufig, wie Grünbein selbst herausstellt: »Die Römer wußten um dieses schauspielerhafte Element jeder öffentlichen Äußerung, auch der intimen des Dichters, und hatten nicht ohne Grund dafür den Begriff der *persona* geprägt.«[5] *Persona* meint hier nicht die unverwechselbare Person, sondern die Masken, hinter denen sie sich verbirgt. Unter den Dichtern der klassischen Modene haben sich besonders Ezra Pound und William Butler Yeats solcher *personae* bedient. Die grammatisch einfachste Operation, eine *persona* zu erzeugen und somit abzurücken von der subjektiven Rede, ist der Wechsel in die zweite Person, vom Ich zum Du. Diese Maske ist zugleich die schillerndste, denn es ist nie ganz zu entscheiden, ob das Du im Gedicht eine Form der Selbstansprache oder aber die Anrede eines Anderen darstellt: »Was du bist steht am Rand / Anatomischer Tafeln«. Ob hier einer vor dem Spiegel steht, nackt ausgezogen,

5 Durs Grünbein, *Vom Stellenwert der Worte* (s. Anm. 2), S. 37.

und sich selbst anredet, oder ob hier ein mit höherer Einsicht begabter Mahner zu allen Menschen spricht, bleibt unentscheidbar: eine Janusköpfigkeit, die sich fortan durch Grünbeins Schreiben zieht.

Für dieses janusköpfige Sprechen findet der Autor eine aufschlussreiche Formel: »Fröstelnd unter den Masken des Wissens« (S. 81). Die Möglichkeit, im Gedicht von sich abzurücken, nutzt er, um gesellschaftliche und historische Zusammenhänge zu thematisieren. Für einen Autor, der Anteil nimmt am Zeitgeschehen und sich mit den Naturwissenschaften und ihrem Bild vom Menschen auseinandersetzt, sich literarisch aber in Gedichten äußert und weder Erzählungen noch Romane schreibt, ist es wichtig, sein Instrumentarium so einzurichten, dass er sein Nachdenken über die Welt damit zu fassen bekommen kann. Dass neben der Lyrik auch der Essay dieses Nachdenken aufnehmen kann, entdeckt Grünbein ebenfalls früh für sich – nur sind Essays an äußere Anlässe gebunden und keine primäre Ausdrucksform. Man kann auch sagen: Lyriker sind Schriftsteller, die durchaus auch Prosa schreiben können, nur eben nicht fiktional – weshalb sie ihr Schreiben an der Wirklichkeit ausrichten und die Vielfalt der Erscheinungen in ihren Gedichten zu bannen suchen; sie lassen das Chaos ein und treten ihm mit der Ordnungsmacht des Verses entgegen. Gottfried Benn, der ebenfalls in den Genres Lyrik und Essay operierte, formulierte in einem seiner späten Gedichte allerdings einen Leitspruch, mit dem er sich ermahnt, den Radius seiner Gedichte nicht zu überdehnen: »Du weißt, du kannst nicht alles fassen, / umgrenze es, den grünen Zaun / um dies und das, du bleibst gelassen, / doch auch gebannt in Mißvertraun.«[6] So sprach einer, der im Reisen keinen Sinn sah und sich als Westberliner auf einer Insel eingeschlossen fand. Sein Misstrauen gegen alles Gesellschaftliche spornte Durs Grünbein dagegen an, die Reichweite des Gedichts immer weiter auszureizen, der Fall der Mauer befeuerte ihn in seiner Reiselust und öffnete im Kopf die Riegel. »Sitzend im Panzer der Sprache«[7] vermag das Ich sich den Reizen auszusetzen und zwischen ihnen zu navigieren. Alles, was dieses Ich angeht, gehört ins Gedicht, weil es nur dort bewältigt werden kann, denn Wörter geben Schutz. So finden sich in *Schädelbasislektion* Zyklen, die sich mit den sozialistischen Experimenten am Menschen befassen, aus zynischer Distanz und nicht im Betroffenheitston. Der Pawlowsche Hund, der mit Speichelfluss reagiert, wenn er die Schritte seines Besitzers hört, wird zum Sinnbild der ideologisch abgerichteten Kreatur. Die Hirnforschung wird zum Wortfeld für Gedichte, deren Autor sich selbst als »skeptisch, belesen, gereizt«[8] apostrophiert. Eine Weile fällt so ein Fokus von Grünbeins Arbeiten mit aktuellen, im Feuilleton präsenten Wissensgebieten zusammen, der Neurobiologie und der Genetik; diese Koinzidenz trägt dazu bei, dass Grünbeins Werk in den Feuilletons starke Beach-

6 Gottfried Benn, »Gedicht«, in: G. B., *Gedichte in der Fassung der Erstdrucke*, hrsg. von Bruno Hillebrand, Frankfurt a. M.: Fischer Taschenbuch Verlag 1982, S. 470.
7 Durs Grünbein, »Aus einem alten Fahrtenbuch«, in: D. G., *Falten und Fallen*, Frankfurt a. M.: Suhrkamp 1994, S. 83 ff.
8 Durs Grünbein, »Variation auf kein Thema«, in: ebd., S. 20.

tung findet. Oft sind es Experimente an Tieren, das Betrachten anatomischer Präparate oder Kuriositäten aus der Welt der Naturwissenschaft, die den Stoff abgeben, wie im Gedicht *Homo sapiens correctus*[9] der Selbstversuch eines Mannes, der sich ein Loch in den Schädel bohrte, um störende Hirnflüssigkeit abzuführen. Zu diesem Gedicht gibt es im Buch eine erklärende Vorbemerkung, und gelegentlich haben solche Gedichte etwas von einem in Verse gesetzten Kurzessay. Dennoch bleibt über allem gelehrten Diskurs eine gewisse Traurigkeit hängen, die die Gedichte anziehend macht. Fröstelnd unter den Masken des Wissens: Grünbein zeigt, wie ein Hirn, das sich selbst beim Denken zusieht, darüber in eine Spirale gerät und immer verzweifelter wird. Dafür findet er einen philosophischen Leitstern, der erstmals im Gedicht *Meditation nach Descartes* (S. 94 f.) auftritt und dem er später das Erzählgedicht *Vom Schnee* (S. 192 ff.) widmet: René Descartes, den Urheber des modernen, sich selbst beobachtenden Denkens. Der Umstand, dass sich die rationale Abkühlung der Philosophie während der kleinen Eiszeit des 17. Jahrhunderts zutrug, mitten im Dreißigjährigen Krieg, wird für Grünbein zu einem dauerhaft anregenden Faszinosum (vgl. auch *Fröhliche Eiszeit*, S. 185 ff.).

Man darf fragen, wie man sich so gebildeten Gedichten wie *Meditation nach Descartes* nähern sollte; ob es notwendig ist, dafür in die Wissenschaftsgeschichte und in die Bio-

9 Ebd., S. 75 f.

graphie Descartes' einzusteigen. In Durs Grünbeins Essay *Der cartesische Taucher*[10] wird eine gewisse Hilfestellung geboten; man erfährt, dass Descartes ein fleißiger Anatom gewesen ist, dass es sich somit um die Schilderung von Sektionen handelt, die der Philosoph selbst angestellt hat. Auf der Suche nach dem Sitz der Affekte – der Tiergeister, wie sie von den Ärzten jener Zeit genannt wurden – untersuchte Descartes die Zirbeldrüse, die er sich als einen Zerstäuber gasförmiger Absonderungen des Blutes dachte, die vom Herzen aufsteigen – so entnehme ich es dem Essay. Allerdings ist dieser Essay vierzehn Jahre nach dem Gedicht erschienen. Es kann nicht angehen, sich so lange zu gedulden, und ich als Leser des Gedichts benötige ein solches Quellenstudium auch nicht. Sich von Vers zu Vers und von Bild zu Bild tragen zu lassen, scheint mir die beste Methode, diese Strophen in sich aufzunehmen. Wenn wir auch die Tragweite des Experiments nicht ganz erfassen mögen, so spüren wir doch die kalten Schnitte ins warme Fleisch; ein Körper wird aufgeschnitten, davon kündet der Fall der Silben, ihre beruhigte Anordnung in wohlgeformten Sätzen. So ruhig wie der Anatom das Skalpell handhabt der Dichter seinen Vers: Dieser kontemplative Duktus steht im Gegensatz zum frühen Horror vor den verdorbenen Fischen, und dieses stoische Aushalten, die Meditation vor dem geöffneten Körper, halte ich für den Kern des Gedichts. Eine Temperatur, eine Atmosphäre des Nachdenkens teilt sich mit und zeigt, warum Denken traurig macht (um

10 Durs Grünbein, *Der cartesische Taucher. Drei Meditationen*, Frankfurt a. M.: Suhrkamp 2008.

den Essay von George Steiner, zu dem kein anderer als Durs Grünbein das Nachwort schrieb, zu zitieren): Nichts, kein Diskurs, keine Sektion gibt uns ein Mittel gegen den Tod an die Hand.

Mit den 1994 erschienenen Bänden *Falten und Fallen* und *Den Teuren Toten* lag die erste große Phase der Dichtung Durs Grünbeins abgeschlossen vor. Dass es daraufhin zu einem Einschnitt in seinem Schreiben kam, lag nicht zuletzt an seiner äußeren Erfolgsgeschichte. 1995 erhielt Durs Grünbein den Georg-Büchner-Preis. Damit war er unter den Autoren seiner Generation in eine Sonderstellung gehoben, die ihn über den engen Kreis der Lyrik hinaus bekannt machte, Kritiker auf den Plan rief und unter Kollegen Neid erregte, der sich als Misstrauen gegenüber dem Werk Luft verschaffte. In der Zeitschrift *Schreibheft* erschien eine polemische Rezension von Franz Josef Czernin[11], die Grünbein mit ebenso scharfer Polemik[12] konterte. Tiefe Uneinigkeit über das Verhältnis von Sprache und Welt stand hinter dem Dissens – eine am Sprachexperiment orientierte Avantgarde rieb sich am Anspruch eines Einzelnen, der es sich nicht nehmen lassen wollte, das Gedicht als Medium subjektiver Weltaneignung zu begreifen. Vielleicht trug die Schärfe der Debatte dazu bei, dass Grünbein eine Weile auf Tauchstation ging und eine grundsätzliche Veränderung in seinem Schreiben vorbereitete.

11 Franz Josef Czernin, »Falten und Fallen. Zu einem Gedichtband von Durs Grünbein«, in: *Schreibheft* (1995) H. 45, S. 179 ff.

12 Durs Grünbein, »Feldpost. Antwort auf Franz Josef Czernin«, in: *Schreibheft* (1995) H. 46, S. 191 ff.

Mit *Nach den Satiren* lag 1999 nicht nur ein neues Buch vor, es wurde ein neuer Kontinent für das Gedicht erschlossen: Die römische Welt, besonders die Spätantike, hat in Grünbeins Schreiben seither eine Dringlichkeit gewonnen, die manchen Leser überraschte und am Gegenwartssinn des Autors zweifeln ließ. Legionäre marschierten auf, Kaiser wurden als grausame oder nachdenkliche Herrscher porträtiert, Philosophen und Dichter kehrten aus dem Lateinunterricht zurück und die sprichwörtlichen Sitten wie im alten Rom, Orgien und wüste Gelage, wurden zum Stoffgeber neuer Gedichte. Trat man so ins dritte Jahrtausend ein? Eine Antwort des Autors findet sich in seiner Poetikvorlesung, und sie führt zurück in die Frühzeit, in sein Aufwachsen hinter dem Stacheldraht. In der selbstkritischen Betrachtung eines Jugendgedichts, in dem der Aufflug einer Taube aus einem Feld bei Dresden, am Rand eines militärischen Übungsgeländes, zum Erweckungserlebnis wird, heißt es dort: »Die Taube verkörperte die Sehnsucht, die sich bald zum zwanghaften Fluchttraum auswachsen sollte und noch später zu der fixen Idee, nicht nur Staatsgrenzen und Beton-Mauern überwinden zu können, sondern die Fesseln von Zeit und Raum überhaupt. Nur im Schreiben war man so frei, ein paar innere Augenblicke lang einer tropischen Libelle zu folgen und sich gleich darauf am Disput zweier antiker Philosophen zu beteiligen.«[13]

Ein solcher Fluchtimpuls ist ein wesentlicher Antrieb des Schreibens überhaupt; hät-

13 Durs Grünbein, *Vom Stellenwert der Worte* (s. Anm. 2), S. 25.

te man sich irgendwo behaglich eingerichtet, ohne inneres Ziehen an einen anderen Ort oder in eine andere Zeit, würde kaum Literatur entstehen. Die Freiheit, von dem zu schreiben, wohin es ihn in Gedanken zieht, hat sich Durs Grünbein niemals nehmen lassen, und dass es ihn dabei nachhaltig in die Römerzeit verschlug, sehe ich mit Sympathie. Sein Weg dorthin kann sich an den beiläufigsten Beobachtungen entzünden. So beginnt der Band *Nach den Satiren* mit notizhaft kurzen Gedichte auf Tierkadaver (S. 110 ff.): Ein eingefallener Hundekörper an einem Bahndamm in der Normandie, ein angenagter Hase auf der Insel Gotland, ein ausgeweideter Maulwurf am Rand eines böhmischen Weizenfeldes, ein plattgewalzter Frosch auf einer Landstraße in der Campania und eine zerfetzte Amsel bei Aquincum – unmerklich, aber bestimmt führt diese Kette toter Tiere in die Zeit und auf das Territorium des Römischen Weltreichs. Das muss man gar nicht deuten, man kann sich führen lassen und ist dann schon nicht mehr überrascht, die Klage eines Legionärs aus dem Feldzug des Germanicus an die Elbe (S. 116 f.) oder das Gerede eines Betrunkenen nachts an der Via Appia zu vernehmen. Schon ist man drin in dieser Welt und kommt nicht umhin, ihre Ähnlichkeiten mit der unsrigen zu bemerken. Dafür sorgt schon die Wahl des Gewährsmanns, dem sich Grünbein bei seinen Streifzügen durch Rom und die Provinzen anvertraut: Es ist der Satirendichter Juvenal, von dem sechzehn Texte überliefert sind, die das Alltagsleben der römischen Gesellschaft zur Zeit Kaiser Domitians mit farbiger Sinnlichkeit und gnadenloser Kritik beschreiben.[14] So gewinnt der Titel *Nach den Satiren* einen Doppelsinn: Einerseits sind diese Texte nach dem Muster der Satiren gearbeitet, andererseits sind sie ihnen zeitlich nachgeordnet. Bei den Gelagen der reichen Römer wurden die Satiren zur Belustigung vorgetragen; war der Rausch vorbei, die Satiren verklungen, stand der Heimweg an, »der Katzenjammer, die Zeit der Gedankenspiele und der Verdauung.«[15]

Damit ist für Grünbein der Standpunkt bestimmt: Wir befinden uns in einer Phase der Dekadenz, in einer kulturellen Spätzeit, deren Verfallstendenzen sich gerade im Hochbetrieb der Metropolen zeigen. Das alte Rom ist eine Folie, vor deren Hintergrund sich die Konturen unserer Zeit umso schärfer dartun. Die Metropole, an der Grünbein die Tendenz unserer Epoche abliest, ist nun keine andere als Berlin, die Stadt, in der der Autor seit 1985 lebt: »Dort also gingst du, traumlos, mit registrierendem Schritt, – / Einer der Körper, verspannt in Gedanken, beraubt / Der Reflexe, die es braucht, beiseitezuspringen, dem Ziegel / Vom Dach auszuweichen, dem Auto, der Glastür im Weg« (S. 135). Vier Teile umfasst das in unregelmäßigen, mühelos fließenden, traumwandlerisch kontrollierten Versen geschriebene Gedicht *Nach den Satiren*. Während Teil I sich als Reportage eines langen Fußmarschs durch die Stadt bei Tag und Nacht, im

14 Vgl. hierzu Grünbeins Neuübertragung der Dritten Satire Juvenals und den Essay »Bruder Juvenal« in: Durs Grünbein, *Aroma. Ein römisches Zeichenbuch*, Berlin: Suhrkamp 2010, S. 69–100.
15 Vgl. Grünbeins Anmerkung in *Nach den Satiren*, Frankfurt a. M.: Suhrkamp, 1999, S. 223.

Wechsel der Jahreszeiten, im Zeitraffer der Wahrnehmung, lesen lässt, offenbart sich Teil II als Selbstbefragung des Sprechers hinsichtlich seines Aufwachsens in der DDR, unter der antiken Maske des Orest. Aus Teil III mag man Echos des Weltkriegs heraushören; in einem gereimten Zwischenspiel wird vom Fund einer Leiche während der Bauarbeiten am Potsdamer Platz berichtet – ein Rekrut aus dem Weltkrieg, ein junger Toter, wie er auch für Rilke, dessen Elegien-Ton man hier und da zu hören meint, ein Motiv hätte sein können, freilich ohne den für Grünbein so typischen Sarkasmus: »Es war so schwer zu sterben zwischen den Maschinen. / Mir war so schlecht als junge Landserleiche« (S. 146). Die beiläufige Präsenz des Todes ist allgegenwärtiges Ferment dieser Gedichte, eine Kette kleiner Schocks, die umso nachhaltiger wirkt, weil der Sprecher nicht bei ihnen verweilt, sondern immer weiter muss, um noch mehr aufzunehmen. Was ihn eigentlich zieht, ist gerade das Entgegengesetzte des Todes, nämlich der immer neue Aufbruch, der durch den jährlich uns überraschenden Frühling nicht bloß versinnbildlicht wird, sondern sinnlich ins Blut schießt: »Nicht nur Blütenstaub, fein verteilt, nicht dieser Schmerz / An den Haarwurzeln, mit jedem Frühling erneuert, / Nicht das Erwachen ist grausam. Was aber dann? / Sind es die tückischen Augenblicke, die kleinen Schocks, / Wenn da was Totes im Weg lag, eine Mahlzeit für Fliegen« (S. 133). Etwas wie verdorbene Fische; etwas wie ein Hundekadaver am Bahndamm. Während sich die Dichtung Durs Grünbeins wandelt, hält seine angreifbare Vitalität sich durch, die Empfindlichkeit für Epiphanien in all den Grauzonen zwischen Tod und Leben. Der Gedanke an den Tod taucht ständig auf, muss verscheucht werden, kommt wieder, bis kein Denken mehr möglich ist. Aus diesem Höllenkreis des Bewusstseins gibt es kein Ausweichen in religiöse Hoffnung und nur eine einzige Chance, wenn nicht auf Transzendenz, dann doch auf momentane existenzielle Entlastung: das Gedicht. Das in sich ruhende Gebilde, das dem Augenblick abgetrotzt ist und ihn auf Dauer stellt. Daher die niemals rastende Arbeit, die Unruhe der Lyriker, die sich zu immer neuen Gebilden retten müssen. Nur, was vermögen Worte ernstlich gegen den Tod? Kann denn im Gedicht etwas eingeschlossen werden wie in Bernstein – so wie Benn meinte: »die Dinge mystisch bannen durch das Wort«?[16] Grünbein grenzt sich von Benns monologischem Modell der poetischen Rede ab und bekennt sich im Geiste Ossip Mandelstams zum dialogischen Sprechen, einer imaginären Zwiesprache im Gedicht über die Zeiten hinweg.[17] Wie ein solches Gespräch aussehen kann, davon vermittelt *Nach den Satiren IV* einen Eindruck. Es lässt die Zeiten ineinandergleiten, und hier findet das bislang im Dialog mit sich selbst verharrende Ich zur Begegnung mit einem namenlos bleibenden Kameraden: »Wir gingen lange schweigend durch den Morgen, er und ich, / Zwei Duellanten, die auf einen Blick die Straße messen, / Den Abstand zwischen jedem Baum und jedem Haus« (S. 151). Ein Kritiker

16 Gottfried Benn, »Gedichte«, in: G. B., *Gedichte in der Fassung der Erstdrucke* (s. Anm. 6), S. 300.
17 Vgl. Helmut Böttiger / Durs Grünbein, »Benn schmort in der Hölle. Ein Gespräch über dialogische und monologische Lyrik«, in: *Text + Kritik* (2002) H. 153 (Durs Grünbein), S. 72–84.

erblickte im Auftritt der Duellanten eine unfreiwillige Wild-West-Parodie.[18] Mir aber will es scheinen, als gebe es hier einen ganz anderen Anspielungshintergrund. In T. S. Eliots Gedichtzyklus *Four Quartets* gibt es im vierten Gedicht *Little Gidding* eine Passage, die als *Terza rima-Passage* geläufig ist. In einer sich an die Terzinen Dantes anlehnenden Sequenz wird geschildert, wie der Sprecher im Morgengrauen nach einem deutschen Luftangriff auf London einsam über das Pflaster patrouilliert, bis sich ihm eine geisterhafte Präsenz beigesellt – ein *dead old master,* der ihm Lehren über das Schwinden der Zeit, den Sinn des Dichtens und die bitteren Früchte des Alters erteilt.[19] Dass Grünbein Eliot gelesen hat, wird im Vergleich der Texte greifbar. In *Nach den Satiren I* ist das aus *Little Gidding* entlehnte Bild »Unter metallischem Laub« ein klares Indiz. So wird gegen die alles fortreißende Zeit gearbeitet: indem sich der zeitgenössische Autor in die Tradition einschreibt, nicht nur auf Zitatebene, sondern dem Geist nach. Schon bei Eliot ist die überzeitliche Begegnung und die Frage nach der Identität des Anderen ein literarisches Vexierspiel. Es liegt nahe, dass es sich um eine Erscheinung Dantes handelt, der sich dem späteren Dichter offenbart – so wie Dante sich Vergil anvertraute, der ihn durch die Kreise der Hölle und des Fegefeuers führte. Auf einer zweiten Ebene schim-

18 Hermann Korte, »Habemus poetam. Zum Konnex von Poesie und Wissen in Durs Grünbeins Gedichtsammlung *Nach den Satiren*«, in: *Text + Kritik* (s. Anm. 17), S. 19–33, hier: S. 28.

19 Vgl. hierzu: T. S. Eliot, »Four Quartets«, neu übers. von Norbert Hummelt, in: *Schreibheft* (2006) H. 66, S. 5–29, hier: S. 25 f.

mert bei Eliot eine Parodie auf den späten Yeats durch, erkennbar an den wütenden Tiraden über den Verfall im Alter. Bei Grünbein, einem eifrigen Dante-Leser, mag jener Cicerone, der sein Ich frühmorgens durch die Metropole geleitet, zunächst kein anderer sein als Juvenal. Schon dies ist für sich gesehen eine Dante-Vergil-Parallele. Indem Grünbein jedoch das Eliot-Echo heranholt, wird die Reihe der Dichter immer länger, der Chor der einander überlagernden Stimmen vollends polyphon. Und mit den Schatten der großen Toten kommen ihre Städte herauf, spiegeln sich die Metropolen im heutigen Berlin: Rom, Florenz, London ... *unreal*.

Seit Beginn des neuen Jahrtausends erscheinen die Bücher von Durs Grünbein in dichter Folge. Den Anfang machte ein Buch mit Prosa-Aufzeichnungen, *Das erste Jahr*, in dem der Autor Tagebuch über sein Jahr 2000 geführt hat. Gedankliche Skizzen zu Literatur und Philosophie, Reflexionen zur geschichtlichen Stunde stehen neben privaten Notizen zum Leben in Berlin. Dieses Zugleich von öffentlicher Rede und intimer Mitteilung prägt auch die folgenden Gedichtbücher. Mehr und mehr finden sich Gedichte, in denen sich der Autor unmaskiert zeigt, ein Zeitgenosse, der sieht, was zu sehen ist, aber auch selbst gesehen werden kann. Wie es Yeats, als er sein poetisches Maskenspiel zugunsten unverstellter Rede aufgab, formulierte: »Wir wollen Kühneres wagen / Und gehen in Zukunft nackt.«[20] So kann man in *Berlin posthum* dem Autor bei einer Taxi-

20 William Butler Yeats, »Ein Rock«, übers. von Norbert Hummelt, in: W. B. Y., *Die Gedichte* (s. Anm. 3), S. 144.

fahrt durch Berlin zu- und in den Kopf sehen (S. 166 ff.). Der Wagen passiert Friedhofsmauern und Bestattungsinstitute, und dieser Anblick beschäftigt den müden Fahrgast, der eilig zum Bahnhof muss – typisch für einen Autor, der auf Lesereise geht. So kann er, mit einem Halbgedanken, die Toten beneiden und sich im nächsten Moment an Werbeslogans stören. Bis hin zu einer kleinen Epiphanie, die an Tucholskys *Augen in der Großstadt* erinnert: »Am Straßenrand blitzt ein Leben auf, einzeln – und schon vorbei.« Solche Gedichte sind ein Gegenprogramm zum Hermetischen. Sie sind in keiner Weise exklusiv, sondern nachvollziehbar; sie führen vor, was auch andere denken und fühlen können, in unserer Zeit und nicht nur in Berlin. Auch dies, könnte man meinen, müsste in Gedichten häufig zu finden sein; dem ist jedoch nicht so. Das Zeitbewusstsein artikuliert sich anderweitig, in Blogs und anderen Formen elektronischer Wegwerfkommunikation. Grünbein hält jedoch daran fest, dass das Gedicht der Ort ist, an dem das Bewusstsein zu sich selber kommt. Deshalb ist es für ihn und sein Dichtungsverständnis obligatorisch, auf ein globales Ereignis wie die Anschläge vom 11. September 2001 unmittelbar mit Gedichten zu reagieren. In seinem Anspruch, dass auch dies, wie alles, ins Gedicht gehört, ähnelt er Thomas Kling, so unterschiedlich die literarischen Reaktionen sein mögen, wenn man Grünbeins *September-Elegien* (vgl. S. 169 ff.) mit Klings *Manhattan Mundraum 2*[21] vergleicht. Grünbein ist eben nicht ins alte Rom ausgewandert,

21 Vgl. Thomas Kling, »Manhattan Mundraum 2«, in: T. K., *Sondagen,* Köln: DuMont Literatur und Kunst Verlag 2002, S. 9–17.

wenn es in *Erklärte Nacht* auch wieder *Neue Historien* gibt. Mein Favorit in diesem Band ist jedoch *Schwarzer Mittwoch* (S. 168), ein Sonett, das daran erinnert, dass die Vergänglichkeit lange vor dem Tod einsetzt. Die virtuos gehandhabte traditionelle Form macht sich hier ganz unauffällig, weder tritt sie im Druck durch Leerzeilen zwischen den Strophen hervor, noch lässt sich der Fluss der Sätze von den Reimen stoppen. Mühelos vermag sich der Leser in den von einem Schulausflug heimkehrenden Bus zu versetzen, neben jemanden, dessen Trauer über den Abschied von einem Lebensabschnitt gar kein Ende findet. Die Tränen rinnen immerfort, die Buchseite wird gleichsam gar nicht trocken, das erinnert mich an manche Lieder aus der *Winterreise* und ich halte es für große Kunst.

Eine Wunde, die sich nicht schließen will, hat auch die Bombardierung Dresdens hinterlassen. Ihr mit Gedichten beizukommen war für den in Dresden aufgewachsenen Autor offenbar kein leichtes Unterfangen; über dreizehn Jahre, von 1992 bis 2005, schrieb er an dem Langgedicht *Porzellan – Poem vom Untergang meiner Stadt*. Trotzdem wirken diese Strophen auf fast irritierende Art leichtfüßig. Stanzen sind es, stabile Gebilde, wie schon Goethe sie schrieb, vier Zeilen kürzer als das Sonett, und in ihrem feststellenden Gestus, der durch den bündig abschließenden Paarreim unterstrichen wird, liegt das Gegenteil von Sprachlosigkeit. Das mochte angesichts des Sujets überraschen; vielleicht, weil man zu sehr an die Zeitzeugenberichte aus dem Fernsehen gewöhnt ist, das nach fünfzig Jahren noch betroffen wirkende Nachstammeln von Traumata. Der nachgeborene Dichter aber hat Abstand oder er schafft ihn sich durch eine Form, die, so traditionell sie sein mag, mehr nach vorne schaut als nach hinten. *Strophen für übermorgen* lautet der Titel des Gedichtbands von 2007, ein klares Bekenntnis zur Haltbarkeit von Poesie. Der Gedanke, sich an künftige Leser zu wenden, leuchtet dabei ebenso ein wie der, dass man insgeheim für die Toten schreibt; er ist seit der Antike nachweisbar und geradezu der Kern des klassischen Literaturbegriffs. Was Hölderlin schrieb, verstand man nach hundert Jahren besser als zu seiner Zeit. Celans Bild vom Gedicht als Flaschenpost gehört ebenfalls hierher – die Botschaft ist auf dem Weg; und es ist nicht in unserer Hand, zu entscheiden, wo sie ankommt. Durs Grünbeins Weg, das Gedicht als Sonde in die Zukunft zu schicken, ist allerdings nicht der einer gezielten Chiffrierung. Das wäre auch künstlich bei einem Autor, der seine Stimme fand, als eine Diktatur zu Ende ging. Hölderlin konnte und musste in Rätseln sprechen; Celan konnte den Schutz der Metapher nicht entbehren; beider Werke sind unter der Gewalt ihrer Zeit den für sie einzig möglichen Weg gegangen. Die eigene Periode kann man weit weniger gut überblicken; dass in ihr alles entblößt und nach außen getragen wird, dass sie jedes Gen entschlüsselt und jedes Haus ins Netz gestellt hat, wird vielleicht ihr Signum sein. Welche künstlerischen Antworten das verlangt, darüber kann gestritten werden; wer mit seinem Schaffen recht behält, können erst spätere Epochen entscheiden. Die Gefahr, die dem Menschen droht, geht heute nicht zuletzt von den Maschinen aus, die wir selbst geschaffen haben. Man muss dabei gar nicht an Szenarien aus Katastrophenfilmen denken; es genügt die kalte Herrschaftsübernahme all jener kleinen neuen Spielzeuge, mit denen wir zu kommunizieren meinen und die uns leer machen vor laufendem Programm. Dass es in dieser Lage noch Gedichte gibt wie die von Durs Grünbein, die aus der Zersplitterung kommen und die Sammlung suchen, halte ich für einen Trost. Was du bist, steht in Gedichten, reinen Gebilden menschlichen Geistes; Navigationssystemen für die Seele, die man immer bei sich tragen kann, weil sie auf die uralte Kraft von Reim und Rhythmus, Bild und Vers vertrauen. Gedichte, in denen sich die angefochtene Essenz des Humanen konzentriert, wohin auch immer die Reise gehen mag. In diesem Sinne scheint das Gedicht *Spruchtäfelchen* (S. 223 f.) gleichermaßen vor- und zurückzuschauen. Es könnte ein Fundstück aus der Antike sein oder etwas noch gar nicht Geschriebenes; die bewegliche Mitte einer Poesie, die nach wie vor auf dem Sprung ist: »Uralter Worte du – flüchtig – Akzent. / Einer von vielen hier, manchem verwandt.«

Norbert Hummelt

Textnachweise

Die Gedichte sind folgenden Bänden von Durs Grünbein entnommen:

Grauzone morgens; Etwas das zählt; ›Die meisten hier ...‹; An diesem Morgen gingen; Eine einzige silberne Büchse; An der Elbe; Verdorbene Fische; Nullbock; Eine Regung; Anderswo; Wärmeplastik nach Beuys; Tauben; Belebter Bach; Lokpumpe

Aus: Grauzone morgens. Gedichte. Frankfurt a. M.: Suhrkamp, 1988. – © 1988 Suhrkamp Verlag, Frankfurt am Main.

Schädelbasislektion 1–5; Inframince; Après l'amour; French kiss; Niemands Land Stimmen: 1. Unten am Schlammgrund, 2. In Tunneln der U-Bahn, 3. Vorm Fernseher die Toten; Tag X; O Heimat, zynischer Euphon; Gedicht über Dresden; Casta Diva

Aus: Schädelbasislektion. Gedichte. Frankfurt a. M.: Suhrkamp, 1991. – © 1991 Suhrkamp Verlag, Frankfurt am Main.

Variation auf kein Thema (Auszug); In utero; Biologischer Walzer; Mensch ohne Großhirn; Im Museum der Mißbildungen; Meditation nach Descartes; Alba; Falten und Fallen; Das Ohr in der Uhr; Schlaflosigkeit; Einem Okapi im Münchner Zoo; Pech für den zweiten Wurf

Aus: Falten und Fallen. Frankfurt a. M.: Suhrkamp, 1994. – © 1994 Suhrkamp Verlag, Frankfurt am Main.

Berlin. Ein Toter saß an dreizehn Wochen; Fahrlässiges Betreiben eines Heißluftföns; Nach schwerer Krankheit, einem arbeitsreichen Leben; Verzagt. – Im Schließfach eines Fernbahnhofs in Rom; In einer U-Bahn, früh am Morgen, lag ein Toter

Aus: Den Teuren Toten. Frankfurt a. M.: Suhrkamp, 1994. – © 1994 Suhrkamp Verlag, Frankfurt am Main.

In der Provinz 1–5; Klage eines Legionärs aus dem Feldzug des Germanicus an die Elbe; Kleinigkeiten nach Christus und Juvenalis: IV. Kein gutes Omen, VI. Am Flußhafen von Aquilea; Der Misanthrop auf Capri; Hadrian hat einen Dichter kritisiert; Griechischer Abschied. Eine Stele; Kosmopolit; Daguerreotypie Baudelaire; Nach den Satiren I–IV; Mantegna vielleicht; Grauer Sebastian; Ostrakon Dresden 1284

Aus: Nach den Satiren. Frankfurt a. M.: Suhrkamp 1999. – © 1999 Suhrkamp Verlag, Frankfurt am Main.

Was ist das, Frühling?; Berlin posthum; Schwarzer Mittwoch; September-Elegien 1–3; Scherenschnitt; Nostalgischer Krebs; Julia Livilla; Exedra an der Gräberstraße; Vertigo; Erklärte Nacht aus: Erklärte Nacht. Gedichte. Frankfurt a. M.: Suhrkamp, 2002. – © 2002 Suhrkamp Verlag, Frankfurt am Main.

Alles Gute, Tochter; Kind im Mittagsschlaf oder Die Schule von Delft

Aus: Una Storia Vera. Ein Kinderalbum in Versen. Frankfurt a. M. / Leipzig: Insel Verlag 2002. – © 2002 Insel Verlag, Frankfurt am Main und Leipzig.

Der Schnee von heute; Selbstporträt als leerer Teller; Über das Sehen; Lob der Pferde; Der düstere Tag

Aus: Vom Schnee oder Descartes in Deutschland. Frankfurt a. M.: Suhrkamp, 2003. – © 2003 Suhrkamp Verlag, Frankfurt am Main.

1–7

Aus: Porzellan. Poem vom Untergang meiner Stadt. Frankfurt a. M.: Suhrkamp, 2005. – © 2005 Suhrkamp Verlag, Frankfurt am Main.

Präexistenz; Kleinkind in der Schüssel

Aus: Der Misanthrop auf Capri. Frankfurt a. M.: Suhrkamp, 2005. – © 2005 Suhrkamp Verlag, Frankfurt am Main.

Spruchtäfelchen; Für die limbischen Archive; Kindheit im Diorama; Turnstunde; Hippocampus; Die Wachtel; Vocis Imago; Siebzehnhundert Gramm; Von den Flughäfen; Strophen für übermorgen (Auszug); Realito; Hundstage; Museumsinsel; Winterfliege; Der Krieg aus der Nähe; Das große Weichei; Redakteurin; Was ich bin; Überquerung der Alpen; In den Schweizer Bergen; Der Astronom; Exaltationen im Schlaf; Konversation gegen drei; An der Tiberiusbrücke; »Si me amas«; Aktiv; Von der Seelenwanderung; Auf der Akropolis; Repoussoir; Calamaretti; Mimosen; Bidet; Sonett; Ventilator

Aus: Strophen für übermorgen. Frankfurt a. M.: Suhrkamp 2007. – © 2007 Suhrkamp Verlag, Frankfurt am Main.

Aroma. Opus incertum (Auszug); Tänzerin in Tivoli; Römische Häuser; Agave
Aus: Aroma. Ein römisches Zeichenbuch. Berlin: Suhrkamp, 2010. – © 2010 Suhrkamp Verlag, Berlin.

Kurzer Bericht an eine Akademie
Aus: Antike Dispositionen. Aufsätze. Frankfurt a. M.: Suhrkamp, 2005. – © 2005 Suhrkamp Verlag, Frankfurt am Main.

Fröhliche Eiszeit
Zuerst in: Frankfurter Allgemeine Zeitung. 24. Januar 2004. – © Durs Grünbein

Astronaut im Oktober; Im Kolonnadenhof; Libellen in Liberia; Inspektor Kobold; Insel ohne Sirenen; Wenn kein Credo mehr gilt
© Durs Grünbein

Verzeichnis der Gedichtüberschriften und -anfänge

RECLAMS UNIVERSAL-BIBLIOTHEK Nr. 18795

Gesamtherstellung: Reclam, Ditzingen. Printed in Germany 2011

ISBN 978-3-15-018795-1

www.reclam.de